神様の願いごと

沖田 円

STARTS
スターツ出版株式会社

この道の先に何があるんだろう。
この道の先で何ができるんだろう。

まだ、何もわからないから。
いつだってそれは、はじめの一歩。

目次

神様の願いごと

第一章　神様に祟られた日

「七槻、おい、七槻」

　今年の梅雨は妙に働き者だと思う。例年よりも訪れが早いうえに、テレビで見慣れたお天気キャスターが「この地方も梅雨入りしました」と言ってからほとんど毎日空はどんより曇り空だ。曇り空と言うか、梅雨空。そっちの言い方のほうが心持ち爽やかな気がしないでもない。

　できれば少しでも憂鬱な要素は排除したいものだ。でなければこんな晴れ間のない毎日、気分も晴れないし、やっていられない。

「七槻千世！」

　頬杖からずり落ちかけた。慌てて窓の外から教室内に視線を移すと、すでにクラスメイトは半分ほどしか残っておらず、且つ残っている人のほとんどがこちらを向いて笑っている。唯一表情が違うのは教卓に立っている担任だった。あれ、いつの間に帰りのホームルーム終わったんだろう。そしてどうしてわたしは先生にそんな形相で睨まれているのだろう。

「先生、今、わたしのこと呼びました？」

「何回もな。まったく」

「なんですか？」

「なんですかじゃないっつうの。七槻、おまえ、進路調査票出してから帰れよ」

言われて「う」とひと声唸った。鞄の底で皺になっているだろういつか渡された提出物を思い出す。

「あはは、すみません、忘れてました」

「出してないのもうおまえだけなんだからな。って言っても出せばいいってもんじゃないぞ。真面目に書けよ」

「はあい。あとで真面目に書いて出します」

「絶対だぞ。職員室まで持ってくるように」

「はあい。了解です」

「持ってこなかったら今日家庭訪問するからな。じゃあまたあとで」

嫌なセリフを残して教室を出ていく先生の背中を見送り、体中の空気と元気をいっぺんに丸ごと吐き出して、まだ笑ってくれているクラスメイトに下手くそに笑い返した。あまり物の入っていないよれよれの通学鞄を開けた。発掘したのは隅のほうで惨めに丸くなっていたプリントだ。進路希望調査票。

……本当は、忘れていたわけではないけれど。単純に、ただ、書けることがなかっただけだ。

「おーい、千世！」

ぽんと肩を叩かれて振り返ると、呆れたような笑い顔の紗弥が立っていた。これからの部活に合わせてか、いつも下ろしているロングの髪はポニーテールに結ばれている。シュシュはピンク。この間、一緒に買い物に行ったときに買ったやつだ。お揃いで買いたかったけれど、わたしの髪の長さではシュシュで結ぶのは難しいので諦めた。

「聞いてたよ。提出忘れてたんだって？」

「そうなんだよね。面倒だけどさすがにもう書かなきゃなあ」

「先生、マジで家に来るからね。でもそういや千世って、進路決まってるんだっけ？」

「ううん、まだ。だから出せって言われても、正直困るんだけど」

広げたプリントを眺めながらまた陰気な息を吐き出す。ただの紙切れ一枚だ。たったそれだけのものに、わたしたちは未来を懸けなければいけない。

一年生の頃はまだ具体的なことまでは求められていなかった。同じようなことを書かされはしたものの、内容は進学希望か就職希望か、二年生からの文理選択ではどちらを希望か、その程度だ。この学校から就職する人はほとんどいないから最初から悩まず進学に丸をつけて、それから適当に、数学が苦手だから文系を希望して提出した。言わずもがな薄っぺらい選択だ。とりあえず出しておけばいい、とりあえず無事二年生になれればいい、それくらいしか考えていなかった。

けれど二年生に上がってから、少し変わった。まだ高校生活は半分も過ぎていないというのに、もう卒業後のことを本格的に考えなければいけないようになっている。

卒業後というのは高校を出た直後の進路だけではない。もっとずっと先、大人になってから歩く、十年後二十年後、それよりも先の未来のことまで。

「ねえ、紗弥はどの大学書いた？」

「あたし？」

「うん、まだどこに行きたいとか全然考えてないし。だからとりあえず紗弥と同じところを書いておこうかなって思って」

紗弥とわたしの学力はどっこいどっこいであり、恥ずかしながらふたり揃って中の下だ。わたしのほうが運動神経はいいけれど、紗弥は美術や音楽が得意で、且つ人懐こくて積極性がある分、内申点ではちょっと負けている。悔しいと思ったことは特にない。つまり、一般教科でわたしと同レベルの紗弥が非現実的な希望を持ってさえいなければ、同じ大学名を書いていても先生はため息を吐かないはず。

だと思ったんだけど。

「いや、あたし、大学は行かないよ？」

「へ、嘘？」

「本当だよ。あれ、言ってなかったっけ？　千世には話した気がしてたけど。あれ、でも千世とそんな真剣な話してないか」

「くだらないことしか話してないよ！　ってことはまさか、就職？」

そんなまさか。高卒で働くだなんて、それはわたしには到底無理だ。

「違うって。就職じゃないよ。それもちょっと考えはしたんだけど、あたしまだ働くのってできないと思うから」

「だ、だよね。びっくりした、紗弥に先にオトナの階段のぼられるのかと」

「あっはは。あたしたちって、おばあちゃんになってもその階段のぼれてなさそうだよね」

紗弥がへらっと笑って両手を振った。その指先は、少しだけ荒れている。

可愛い紗弥はお洒落が大好きだ。だけど指先……爪にだけは絶対に飾りをつけようとしない。不細工に短く切られた爪の、少しかさついた指先。

「あたしさ、専門行こうと思ってるんだ。製菓の学校。親にももう許可はもらってる」

「専門学校?」

「うん。いろいろ探してて、まだここっていう的は絞れてないんだけどね。パティシエ目指せる学校に行くつもり」

「パティシエ、ってお菓子のシェフだよね」

「まあそうだけど、その言い方ってなんか千世らしいね」

笑顔の紗弥に、わたしは笑い返せはしない。

驚いていた。紗弥の趣味がお菓子づくりなことは知っている。そしてそのお菓子を食べるのが趣味なわたしは紗弥の腕前がどれほどのものかも知っている。所属している調理部の活動も休んだところは見たことがないし、むしろ週に二、三回しかないことに対して「運動部みたいに毎日やりたい！」と日々嘆いては憂えているのを宥めなければいけないほどだ。お菓子づくりに支障がないように紗弥の爪はいつも短かった。可愛いものが大好きなくせに、どれだけファッションやメイクにこだわっても紗弥はネイルにだけは手を出さない。

紗弥が、お菓子づくりが大好きなことも、それにどれだけ真剣に取り組んでいるのかも知ってはいたけれど、それを将来の職業にしようとしているだなんて思いもしなかったのは、紗弥がわたしに言わなかったせいではなく、そんな未来の決め方がわたしの中にはなかったからだ。

「先生には大学じゃなくて本当にいいのかって言われちゃったけどね。今度の面談でもなんか言われるだろうな。あたしとしてはどうせロクな大学になんて入れないんだから、わりと現実的で賢い考えだと思うんだけど」

「うちから製菓の専門行く人って、そういないだろうから」

三流ではあるけれど一応進学校と謳っているうちの高校は、大学以外の進路を選ぶ人なんてクラスにひとりふたりいるかいないかだ。だからわたし自身ロクな大学に入れないだろうことは重々承知しつつも、ロクでもない大学に進むこと以外の進路は考えたことがなかった。

「そうなんだよね。だから指定校推薦とかもないし、できればＡＯで受けたいんだけど。まあそのあたりを考えるのはさすがに三年生になってからだな」

「そっか。でも今のうちからいろいろ、やれることをやっておかないといけないよね」

「うん。あ、あたしもう部活行かなくちゃ。千世は職員室行ってから、そのまま帰る感じ？」

「三波屋（みなみや）寄って、おやつ買って帰る」

「いつものパターンだね。じゃあ、気をつけてね」

「紗弥も、部活頑張って」

「ありがと。頑張るような活動でもないけどね」

　また明日、と。鞄を持ち、手を振って教室を出ていく紗弥を見送った。わたしは、立ったまま机の上でプリントを伸ばし、皺だらけのそれに適当に知っている大学の名前を書いて、一番上に、自分の名前を書いた。鞄に筆箱を入れてからプリントを畳む。畳んだ中身は、もう見ないようにした。

　帰る前にもう一度空を見上げる。灰色の空。薄いような分厚いような雲が、うねうねとその場に漂ってどこにも動けないでいる。

「あんた、まるで、わたしみたい」

誰にでもなく呟いた。空は変わらず曇ったままで、どんよりそこに佇んでいた。

学校を出て少し歩くと、昔ながらの町の商店街に辿り着く。ここを抜けるとこれまた一層昔ながらの古い家々が並ぶ地域があって、そこをさらに抜けて川を越えればようやくわたしの家のある地区に出る。

通学路にしている商店街は、素朴だけれど地元民に愛されている賑やかで楽しい場所だ。お気に入りの和菓子屋である三波屋もこの通りにあって、そこでおまんじゅうを買って帰るのがわたしの日課になっている。今日もいつもどおり、三波屋の紙袋を抱えながら夕方の商店街を歩いていけば、いつもと同じく近所のおばさんと八百屋の店主がお喋りをしていて、いつもと変わらず時計修理のおじいちゃんが暇そうに店先で煙草を吸っているのを見かける。

毎日同じ光景だ。あまりにも変わらないものだから、もしかして同じ日を繰り返しているんじゃないかと思うほど。だけど、もちろんそんなわけもなく、テストの日は間違いなく近づくし、提出物を出さずにいると日が経つごとに先生の顔は怖くなる。少しずつ子どもでいられなくなる。無理やりにでも、前に進まざるを得ない。

わうん、と、床屋さんの柴犬が吠えた。毎日店番をしているこいつとは顔見知りだ。尻尾を振る犬に手を振って、わたしはその床屋の横から細い脇道へと逸れた。

この脇道からは商店街の路地裏に抜けられる。つい最近、暇を持て余して帰り道に探検していた結果発見した場所だ。この道の両脇は一方は商店の裏手側、その反対は高台になっていて石垣の上に木がわんさかと生えている。林のようだが、ここに何があるのかは知らないし特に気にしたこともない。表通りの賑やかさも嫌いじゃないけれど、この静かで人の少ない路地裏が最近のわたしのお気に入りだ。

一年とちょっと。わたしの進学に合わせてマイホームを建てたから、この町に引っ越してきてそれくらいになる。育った町からそう離れてはいないもののまったく見知らない土地だったここは、けれど、今では随分見慣れたし、且つこうして新しい発見もまだできる、わたしにとってとても好きな町になっている。

好物のおまんじゅうを帰り道に買って、お気に入りの裏路地をのんびり歩き、紗弥の部活がないときは日が暮れるまでお喋りをする。そんな日常が好きだ。何ひとつ文句はない。だからずっとこんなふうに何げない日々が続けばいいと思う。好きな場所で好きなことだけをして、難しいことは考えないで、ふらふらとどこかを行ったり来たり。

でも、そんなことはできるわけないとわかっている。いつまでも同じことばかりはしていられない。いつかは、前へ。大人になるために。そんなことはちゃんと、わかっているはずなのに。

空を見た。今日は一度もお日様の姿を見ていない。

「千世ちゃん、そろそろひと雨来そうだから、寄り道しないで帰りなさいね」

三波屋を出るときに店のおばちゃんに言われたことを思い出した。確かに今にも降り出しそうな空模様だが、朝からずっとこんな感じで結局降ってはいないから、わたしが家に帰るまではおそらく天気は持つだろう。

――ブルルッとスカートのポケットが震えた。取り出した携帯にメッセージが一件届いている。液晶に表示された差出人の名前は『神崎大和（かんざきやまと）』。届いたメッセージを表示させると、内容はたった二行の報告だった。

『今日はレギュラー発表の日。結果はまた、報告する。』

絵文字なんてひとつもない白黒のそれにわたしも似たように返事をする。

『了解。期待しないで待ってる。部活頑張れよ。』

メールというより電報みたいだと考えながら送信ボタンを押した。電子の文字はあっという間に遠くの携帯へと届く。なんとも便利な世の中だなあと、画面を切った携帯をポケットにしまいながら思った。

期待しないで待っている、なんて送ったけれど、本当は期待どころか確信している。去年、実力者ばかりが集まるあの強豪校で一年生ながらナインの座を勝ち取ったのだ。大和が今年もレギュラーに選ばれないわけがない。『レギュラーに選ばれました』という去年と同じメッセージが、きっと今日の夜にでも届くのだろう。当然のことだと思っているから、特に楽しみでもなんでもない。

大和とは、生まれた頃から一緒にいた。前に住んでいた町で家が隣同士だったのだ。いわゆる幼なじみというやつで、誕生日も近くてほとんど一緒に育ったせいか、わたしにとっては家族にも近いような存在だった。

前に住んでいた大規模なマンションには同じ年頃の子どもが多かったものの、同学年だったのは隣に住む大和だけで、必然的に、家族からも周囲の人間からも、わたしと大和はふたりでひとつという扱いをされた。けれど嫌に思ったことはなかったし、大和もそれは同じだろう。寡黙で背が高いせいかとっつきにくい印象はあるものの、常に落ち着いていて聞き上手なところは無鉄砲なわたしと相性がよく、凸凹だけれどぴたりと合う絶妙な空気感を、お互いにとても気に入っていた。大和は、血の繋がりはないけれど、わたしにとってまさに大切なきょうだいそのものだったのだ。

ただ、わたしと大和は決して同じ道を歩くことはできない。それに気づく頃にはもう大和は随分遠くに行っていたけれど、でも本当はずっと小さな頃から、わたしたちは隣に並んでいるようでいて、別々の道の上にいたのだろう。

大和は、野球がとんでもなくうまかった。少年野球からリトルリーグに移り中学に入っても、まわりの誰より図抜けた実力を発揮した。それは野球になんの興味もなかったわたしにさえ目に見えてわかったほどだ。だから大人はみんな、大和は将来プロの野球選手になるんだと期待した。大和は、そんなこと大人に言われるまでもなく、自分の意志で、プロ野球選手を目指していた。心底から野球が好きだったのだ。

引っ越し先と学力に合わせて適当に高校を選んだわたしと違い、大和はいくつかの候補の中から絞りに絞って今の高校に決めた。私立の野球の強豪校で、中学時代に大和を一番にスカウトに来た学校だった。

甲子園には去年出場している。二回戦で敗退したものの、神崎大和の名前は随分知れ渡ったと思う。一年のくせにとんでもない球を投げるピッチャー。その試合で普段からだとあり得ない仲間のミスさえ続かなければこんなところで終わる選手じゃなかったと、いろんな雑誌やテレビで言われているのを見かけた。

わたしはいつも、ぼうっとそれを見ていた。こいつがわたしの幼なじみだと知った人から羨ましがられて、それに適当な返事をして、どうにか逃げて。どんなに有名になっても大和は大和だし、あいつはただ夢のために頑張っているだけだってことも知っていたから特別には感じなかったけれど、ただ、大和が、どんどん「すごい人」とみんなに言われるようになるたびに気づかされた。大和はもう、ずっと遠くを走っている。そして、前へ進む大和と違って、わたしはいつまでも、同じ場所にいるんだってことを。

歩きながら、三波屋の袋を開ける。いくつか買ったおまんじゅうのひとつを取り出して、ぱくりと頬張る。

鞄の中の丸まったプリントを思った。

紗弥の、可愛くない短い爪を考えた。

大和が、甲子園で投げた球を思い出した。

路地裏の石畳にはローファーの靴音だけが響いている。わたしはひとり、だらだらと、たいした理由もなく毎日この場所を歩いている。

そのとき、ふいに、鼻の頭に刺激があった。次にほっぺたにも。

なんだなんだ、と思っていたら、目の前にひとすじの線が走って、ぽつり、ぽつりと地面に粒が浮かんでくる。

「……嘘でしょ」

雨だ。なんてこった。ずっと降っていなかったくせにこんなタイミングで降りはじめるなんて。おまけにこんな日に限って折り畳み傘を忘れているし。

「ああもう！」

三波屋の袋を鞄に突っ込んで、紐を肩にかけ直した。どうせもう家に帰るだけなんだからちょっとくらい濡れたって構わないし、小降りのうちに急いで帰ろう。

と、思ったんだけど。今日はなんだろう、神様にでも嫌われているのだろうか。

一歩二歩三歩。たったそれだけ歩く頃にはえげつないほどのどしゃ降りに。

「わあああ！　やばっ！」

親の仇のように降り出した雨は、あっという間に道に水溜まりをつくり、わたしの制服もくまなく濡らしていく。ちょっとくらいなら濡れたって構わないが、さすがにこれは予想外だ。

「あ、雨宿りできるとこ……！」

探そうとして、表通りのほうを通らなかったことを後悔した。路地裏のこちらは入れる店がない。屋根ならあるが、店舗裏の狭い軒下では凌げないほどの雨足だ。

「うひゃあああ」とひとりで叫びながらとにかく走っていた。しかしローファーの中にはすでに水が入り込み、スカートも腿に張りついて走りにくいし、濡れた前髪と雨粒が目に刺さる。鞄を傘代わりにしようかと思ったけれど、そんなのはもう今さらだった。

……ここまで濡れたなら雨宿りなんて意味ないし、もういっそこのまま濡れて帰ろうかな。うん、それがいい。そうしよう。

と、諦めて、歩調を緩めたそのときに、ふと横を向いたのは本当に偶然だった。

思わず立ち止まっていた。ずっと続いていた道の脇の石垣、ちょうどわたしが止まった場所の真横に、石垣の上に続く階段があったのだ。階段のはじまりには古そうな石鳥居が立っていて、大雨の中薄(うっす)らと見える頂上にも、同じように——けれど下の鳥居と違い真っ赤に塗られたものが聳(そび)えていた。

「……」

考えるよりも先に動いた。わたしは一気に階段を駆け上がった。

広い神社だった。まわりは木で囲まれているが、おそらく路地裏から見えていた林はここから広がっているのだろう。鎮守(ちんじゅ)の杜(もり)というやつだろうか。その部分まで含めたら敷地はかなりの広さになると思う。

奥に大きなお社(やしろ)が建っていて、その屋根の下に避難した。曲線を描いて前に長く伸びたお社の屋根の下は、暴力的な雨粒も届かず雨宿りには最適だった。

額に張りついた前髪を手で避(よ)けて、水を吸って重くなったリボンを首から解く。スカートとブラウスの裾を絞りながら、これは確実に明日は着られないなと思った。

ハンドタオルを引っ張り出して顔や腕を拭いてから、ようやくひと息ついたところで、お社へ頭を下げて階段の上へ腰を下ろした。木の軋(きし)む音のひどさに床をよく見てみれば、木目はどこも黒ずんでいて随分と古びていることがわかる。けれど、立派だ。

外からの様子はよく見なかったものの、閉められた扉の隙間からわずかに覗けるお社の中は、この大雨などまるで意に介さない厳かな雰囲気が漂っていて、じっと見ていると思わず背筋が寒くなるほどである。わたし自身は信心深さとは無縁だけれど、それでもここになら本当に神様がいると思ってしまう気持ちもわからないではなかった。

ただ、境内に人の気配はない。これだけ立派な神社なのに宮司さんは常駐していないらしい。それが普通なのかどうかは知らないけれど、この無人の様子がより一層神秘的な空気を生んでいるのかもしれない。

赤い鳥居から真っ直ぐお社へ伸びる石畳の参道と、質素な手水舎。砂利の中に立つ石灯籠と狛犬。大雨の中でもどうにか見渡せる程度の広さの砂利の外は、すべて森で囲われている。

「知らなかったなあ」

こんなところに神社があったと。最近はほとんど毎日下の路地を通っていたにもかかわらず、石垣の上に神社があったことも、すぐ脇にここへ繋がる鳥居と階段があったことも今まで気づきもしなかった。気にして通っていなかったせいもあるだろうけれど、それにしたって裏通りの高台の上なんて寂しい場所では人に気づかれにくいだろう。こんなところ、近所の人くらいしか存在を知らないんじゃないだろうか。

いや、もしかしたら近所の人にさえ知られていない場所かもしれない。何せあまりにも人の気配がなさすぎる。今このときに宮司さんがいないのも、どしゃ降りのために参拝客がいないのもわかる、が、普段なら人がいるのだろうかと考えたら、いなさそうだと思えてしまう。荒れているわけではないものの、どこかさびれているというか、なんとなく、寂しい雰囲気がある気がするのだ。

今がこんなに大雨だからそんなふうに思うのだろうか。単にわたしがひとりきりで寂しいだけ、かもしれないけれど。

ひとつくしゃみをして、鼻を啜った。雨はまだまだ強くなる。

つと、何げなく振り返ると、真後ろにこれまた歴史がありそうな賽銭箱があって、そこに掠れた文字で「常ノ葉」と書いてあった。

……トコノハ？　ツネノハ？　わからないけれどこの神社の名前らしい。見覚えも聞き覚えもない、このあたりの地名にもない名前だった。

「ジョウノヨウ、なわけないか」

「トキノハだ」

心臓が止まった。

止まった気がした途端、今度は破裂するかと思った。

隣に知らない人がいた。

いつの間にか、まったく気づきもしないうちにすぐそばに、人が座っていたのだ。

「常ノ葉(ときのは)神社。それがここの名だ。覚えておけ、娘」

息はまだ止まったままだ。瞬きも忘れた。

大きな雨音の中で、でもその声は掻き消されずあたりに響き、澄んだままでわたしに届いた。

「……」

夢のように綺麗な男の人だった。もしやマボロシでも見ているんじゃないかと、本気で思うほどに現実離れした美貌(びぼう)。ほんの一部の隙もなくつくり物のように均整の取れた顔立ちは、もはや現実離れ、というか、人間離れしていて、銀の髪と琥珀(こはく)色の瞳がそれをより一層引き立たせている。たとえば、十人に聞いたら十人が美形だと言うだろう。ここまで来たらもう好みうんぬんの問題じゃない。もはや至高の宝石や絶景を眺めて美しいと思うのと同じレベルだ。この感情は感動に近い。

何この人……妖精？　天使？

あまりの美しさに、わたしが圧倒されていたのは言うまでもなく。そのせいでそれより大事な疑問をすっかり忘れてしまっていた。

「おい娘、さっきから口が開いている。虫が入るぞ」

言われて、意識がようやく戻ってきてから、まずしたのは口を閉じることだった。

それから一旦隣の美青年から視線を外し、呼吸をして、冷静になる。自分のスカートを握り締めてみる。うん、超濡れている。大丈夫、現実だ。

目を閉じて息を吐いた。そして瞼(まぶた)を開ければ見えるのは変わらない梅雨の雨。

「……」

驚いたのは、隣にいたのが絶世の美青年だったからではない。もちろんそれもあるけれど、それ以前に、人がいたことに驚いたのだ。

ここにはわたしの他に誰もいないと思っていた。しばらく見渡しても人がいる様子はどこにもなかったし、床はひどく軋むはずなのに足音ひとつ聞こえなかった。

だからとても寂しいところだと思ったのだ。人の気配が見あたらない、静かな神社だった、はず。

なのに、人が急にわたしの真横にいたのだから、そりゃ心臓が止まりかけて当然だ。

……この人は一体、どこから現れた？

「ずぶ濡れだな」

しかし、問いかけようとしたわたしよりも先に美青年が口を開いた。視線が、わたしの頭の上から足先までをつつっとなぞっていくのを見て、顔にはどうにか出さなかったが、恥ずかしくて死にたくなった。透けたブラウスの下にキャラクターものの子どもっぽいキャミソールを着ていなかったのだけが救いだ。

「傘持ってなくて、あ、雨に降られて。なので、ちょうどここで、雨宿りをしようと思って」

「急に降ってきたものなあ。まあ他に人などそう来ないところだ。ゆっくりと休んでいけばいい」

「あ、ありがとうございます……」

「だがしばらくは止みそうにないな。空はどこも暗い」

美青年がほんの少し体を倒して空を覗くと、その仕草に合わせてふわりと花のような香が香った。気づかれないようにそっと自分の服の匂いを嗅いでみる。大丈夫、いい匂いはしないが臭くもない。

「あ、あの……」

恐る恐る声をかけると、美青年はわたしに視線を戻した。

「なんだ？」

「あの、えっと、いつからここにいたんですか？　わたし、全然気がつかなくて」

この疑問は、どこから出てきた、と言い換えてもいい。

どうでもいいと言えばどうでもいいが、気になると言えば気になる。

「ずっといたが」

「ずっと？」

「ああ、おまえが駆けてくる前からずっと、おれはここにいた」

美青年は、表情ひとつ変えることなく、且つ言い淀むこともなくそう答えたがそんなはずはない。確かに誰もいなかったし、こんなに目立つ見た目の人に気づかないわけがないのだ。

が、わたしは「はあ」としか言えなかった。本人がそう言うのだ、わざわざ反論するのも馬鹿げているし、気になると言えば気になるが、どうでもいいと言えばどうでもいい。きっと柱の影にでもいて見逃していて、足音は雨音で消えたんだろう。考えてみればそれだけのことだ。

「止むまで待つと、時間がかかりそうだな」

「そう、ですね」

ふうっと息を吐く。深呼吸をして、できるだけ心を落ち着かせる。

「でも、小降りになってきたら走って帰るので大丈夫です。家、そんなに遠くないし」

「ふうん、そうか。おまえはこの町の子か？」

「はい。一年ちょっと前に引っ越してきたばっかりですけど。お父さんが家を建てて」

「ならば、川向こうの南の地区か」

「あ、そうです」

「なるほどな。あのあたりは新しく開発しているものな。少し前までは田畑が広がっていたのだが」

そうぽつりと呟いたきり、美貌の青年はふたたび空を見上げた。さっきから天気は変わらないのに、何をそんなに見ているのだか。

じっとふたり、座ったまま。並んで、黙って、隣の人は空を、わたしはどこでもない場所をうろうろと見ている。雨足はこれ以上強まることなく、かといって弱まることもなく降り続け、いまだに止む気配を見せない。制服はべとりと肌に張りつき蒸し暑さを増長させる。おまけに、暑さとは別の理由の汗も出る。心はそわそわと落ち着かない。

さて、わたしはいつまでこうしていればいいのだろう。

言いにくいけれどこの状況、非常に気まずい。もう息をするのも気を遣うくらい。いっそ気を失いたい。

「……」

隣に座る美青年は一向にその場を動こうとはしなかった。雨で閉じられた狭い空間の中でいつまでもふたりきり。とはいえおそらく気まずく感じているのはわたしだけだろう。空を見上げる涼しげな横顔は、とても居心地の悪さを感じているようには思えない。そりゃ、世にも美しい見知らぬ男の人が隣にいるのと、ずぶ濡れの見知らぬ小娘が隣にいるのとでは気構えも変わってくるだろう。そのうえ自分自身がずぶ濡れの小娘であるわけだから、前者といる場合のいたたまれなさは倍増だ。たとえば自分が絶世の美青年で、ずぶ濡れの小娘と一緒にいたいかと言われたらそれもそれで嫌だけど。

雷の音が聞こえる。稲光は見えないから、たぶん遠くで鳴っている。

この人も雨宿りなのだろうかと、美青年を横目で見ながら考えた。だとしたらわたしと同じく雨が弱まるまでは動けないだろうから、しばらくはこのままでいるしかない。

だが、この神社の人という可能性もあった。なにせこの人、和服姿なのだ。わたしが夏祭りのときにだけ浴衣を着るような取ってつけた感じではなく、着慣れている雰囲気があるから、おそらく普段から和装なのだと判断しよう。とすると、突然現れたことも含め、この神社の関係者である可能性が高い。

しかし、問題もある。その着ている着物が妙に華やかであり――女性が着るような煌びやかな模様の羽織を纏っていた――神社の人がこんな派手な着物を着るだろうかという疑問が湧いてくる。おまけにビジュアル系バンドのような銀髪も説得力を欠くし、やはりただの近所の粋なバンドマンなのだろうか。

あ、でもすごい、この人睫毛まで髪と同じ銀色だ。だとしたら地毛だろうからハーフかクォーターかもしれない。瞳の色も薄いしなあ。いいなあ綺麗だなあ。これだけの美形なら、人生渡るのも苦労が少ないだろうなあ。

「おい、穴が開くだろう」

「へっ？」

横顔が、ゆるりと滑るようにこちらを向いた。それまで（無意識ながら）不躾にじろじろお顔を覗いていたわたしは、その仕草の優雅さに、咄嗟に目を逸らすことができなかった。

宝石のような琥珀色の瞳と目が合うと、さらに、蛇に睨まれたカエルのごとく、身じろぎひとつできなくなる。

「そんなに見られると穴が開く、と言っている。それほど熱心に眺めて、楽しいか、おれを見ているのが」

あ、もうこれ切腹するしかないな。

まさしく穴が開くほどじろじろ見ていて、しかもあろうことかそれをご本人に指摘されるなど無礼の極み。こんな美青年に不快な思いをさせてしまうなど（不細工ならいいってわけじゃないけれど）あってはならないことなのだ、きっと。これはもう土下座じゃすまない。腹を切って詫びるしかない。

だけど、思いがけず、美青年に怒った様子はなく、むしろ仏のように薄ら微笑みさえ浮かべている。覚悟を決めていたわたしには拍子抜けだったけれど、なるほど、見た目が美しい人は中身も美しいということか。というか、おそらく、じろじろ見られ慣れているのだろう。

「構わんよ、好きなだけ見て。存分に目に焼きつけるといい」

ほら、なんかこんなこと言ってるし。いや別にそこまでして見たいわけでもないけれど。見ていいとか言われると逆に見づらいわ。

しかし、じろじろ見る許可が得られたのとは別でありがたいことがある。美青年が喋ってくれたおかげで微動だにしなかった空気が動き出したのだ。さっきまでは生きていることにすら気を遣う空気感だったけれど、今のタイミングなら何かをしても違和感ない。

というわけで、わたしは濡れそぼった鞄の中から三波屋の紙袋を取り出した。必死で守り通したおかげで中身のおまんじゅうは無事である。買ったうちのひとつは道すがら食べてしまったものの、紙袋の中にはあとふたつ残っている。うん、これは、気まずさを打ち壊すチャンスなのでは。

「あの、もしよければこれ、甘いもの苦手じゃなければどうぞ」

おまんじゅうをひとつ取り出してから、もうひとつが残った袋をそのまま隣の美青年に差し出した。

我ながらなかなかいい考えだ。同じ釜の飯を食う、ではないけれど、ただ並んで座っているよりは一緒においしいものでも食べていたほうが気も緩むに違いない。

さあ、存分に食べてください！　そして一緒にほこほこした気分になりましょう！

と、浅はかな考えで挑んだのだが。

美青年はきょとんと紙袋を見つめ、そして見る見るうちに眉間に皺を刻んでいくではないか！

「娘、これは」

「え？　えっと……」

やばい、やばいぞ。調子乗った。すみません。

これは完全にやり方を間違えたかもしれない。なんでか知らないけど超怒ってるじゃん……、今度こそ全力で腹切りしなければこの場を収めきれない気がする。

「娘」

「は、はい」

「これは、もしかして三波屋のものか」

美青年が唸るような声で言う。わたしは上擦った声で「ひゃい」と答える。

「商店街の三波屋の、おまんじゅう、です。すみません」

「それを、おれに？」

「はい、すみません」

さらに顔つきが険しくなり、思わずわたしが舌を噛みかけたそのとき、突如、美青年の表情がぱあっと華やいだ。

「ありがとう、人の娘！」

「えっ——ひぃっ！」

そしてわたしの手ごと袋をぎゅうっと握り締めたのだ。

美青年がぐいっと身を寄せ、美しいお顔が目の前に迫る。

「おまえはなんていい奴だ。おれは三波屋のまんじゅうが大好物なんだ！」

「へっ⁉　あ、そうですか……」

なんだなんだ、よくわからないけれど、喜んでくれている、のかな？

それならいいけれど。でもなぜ手まで握る……。

「昨今の人の世は冷めきっていると言うが、まだ希望はあるものだなあ」

美青年はわたしの両手から手を離し、紙袋だけ受け取ると、残りひとつのおまんじゅうを取り出しておいしそうに食べはじめた。わたしはといえば動悸息切れその他もろもろに悩まされることになったけれど、ひとまず、喜んでもらえたのであれば、わたしも安心して自分の分を頬張れる。

「うん、うまかった。やはりあの店のまんじゅうは天下一だなあ」

あっという間におまんじゅうを平らげた美青年は、満足げな顔で親指についたあんこをぺろりと舐めた。

「娘、名はなんと言う」

「え？　ちせ、です、けど」

詰まらせかけたおまんじゅうをどうにか飲み込んで答える。

「字はどう書く？」

「千に世界の世で、千世」

「千世か。なるほど、いい名だ」

では、千世。と、美青年が呟いた。

「まんじゅうを献上してくれた礼だ。おまえの願いをひとつ、叶えてやろう」

ぴんと、長い人差し指が立てられる。地面を抉るような大雨は降り続け、鳴る雷は徐々に迫ってきている。空は、灰から紫に変わり、まるで世界の終わりのような禍々しさを放っている。

んー、そうか、願いを叶えてくれるのかあ。お礼なんて別に求めていなかったけれど、もらえるものはもらっておいて損はないし、くれるって言っているものを断るのも失礼だものなあ。しかし律儀でいい人だ。ではここはお言葉に甘えて……。

……って、いやいやいや、待て待て待て。

は？　なんつった？

願い？

「さあ言え。言うがいい。このおれが、千世の願いを叶えてやろう」

――さあっと、何かが冷める音が頭の中で聞こえた。

驚いた。感情ってこんなふうに冷めていくものなんだ。ほんの数秒前まで目の前の人に抱いていたふわっとしたピンク色の温かく優しいものが、一瞬で凍りついて砕けて塵になって消えた。心なしかまわりの空気も冷えたような。

「け、結構です。お構いなく」

「遠慮はするな。最近のおれはなかなか気が向かんのでな、このような幸運は二度とないのだからどんとこい」

「と言われても。まったくもって遠慮とかじゃないんですけど。そもそも、願いを叶えるって、どうやって」

ウン十万する壺やら宇宙のパワーを秘めたブレスレット等々を買わされるんじゃなかろうな。いや、見るからにお金を持っていないちんけな女子高生（つまりわたし）相手にそんなことをするあほがいるとも思えないけど。

「そうだな、どうやってと言われると答えるのは難儀だな。ただ、人の願いを叶えることがおれの存在する意義であるのだから、おまえの願いを叶えることも、おれとおまえが望むのなら可能なのだ」

「はあ……」

「だから千世が心から望むものがあるのなら、それをおれが叶えてやろう。なにせおれは人の願いを叶える神なのだから」

おっと。これは。今何かさらっと聞き捨てならないことを仰った気がする。

まずいぞ、心優しい美青年なんてとんでもない、わたしは防犯ブザーを持ち歩くべきだったと猛省せざるを得ないレベルのやばい奴と雨宿りをしていたらしい！

「さあ答えろ千世、今日は大盤振る舞いだ。ただし実現可能なものにしろよ、一切の可能性のないものはさすがのおれにも聞き届けられん。たとえば人の心を操作したいだとか、死人を生き返らせたいだとか、あらゆる男を魅了し常に美男子を侍らせ夜な夜な酒池肉林に溺れたいなどなど」

「いや、別にそんなこと望んでませんし……てか、酒池肉林は絶対に可能性がないとは言いきれないんじゃ。色気出して頑張ればどうにか」

「おまえには無理だ。さあ、願いを言え！」

「えっと、あの、でも、そう言われてもですね」

わたしはその美貌にどぎまぎしていた先ほどまでとはまったく違う理由で現在非常に困惑中なのだ、詰め寄ってこなくていいからちょっと一旦落ち着かせてほしい。

願いを叶えるとか、自分のことを神だとか、そんなあり得ないことを真顔で言っちゃう大人のことなんて到底受け止めきれない。それとも単に、からかわれているだけだろうか。腹は立つけど本気で言っているよりはそっちのほうがずっとマシだ。

「ほらほら早く言え、おれにはあまり時間がないんだ」

美青年は至極真面目な顔つきでしつこくせかせかと急かしてくる。

「時間ないなら、もういいんですけど」

「そうはいかん、千世の願いを叶えると決めてしまったからな。このままおまえを帰したらそわそわしてしまうだろう」

「知らないですよそんなの。そもそもわたし、願いなんてわからないし」

「おまえがわからんでどうする。おまえ自身が強く望むものなのだから、おまえがわからんわけないだろうが」

「強く望むもの？」

「そうだ。今この瞬間に欲する何かや、果てのない先に望む、夢だ」

「夢……」

苦笑いを浮かべていた、奥で。ちくりと、どこかに針が刺さった。

刺さって開いた穴から漏れた何かが体中でぐるぐる渦巻く。どこからも抜け出せずに、わたしの中を埋めていく。

「千世ほどの歳の頃なら、いくつだってあるだろう。選ぶのが大変かもしれないがな」

思い浮かんでいたのは、紗弥が手づくりのお菓子をわたしにくれて、それをわたしが食べるのを嬉しそうに眺めている姿だ。それから、大歓声の中で真夏の空の下、ひとりマウンドに立つ大和の姿。

「千世、おまえの夢はなんだ」

――夢。

何度も言うけれど、そんなこと訊(き)かれたって困るんだ。戸惑っているのはおかしなことを言われているからだけじゃなく、それを持っていることがあたり前だと突きつけられているからだ。

夢を、訊かれて。憧れる未来の自分の姿を胸を張って答えるどころか何ひとつ思い浮かべることのできないわたしは、とっくに皆に置いていかれているのだと、言われているみたいだ。

「……ないです、夢」

「なんだと？」

「特にないんです。今みたいなぐうたらな毎日が続けばいいとは思うけど、それは先のことを考えたくないだけで、本当にこのままでいたいわけじゃないし。でも、なりたいものとかやりたいこととか、何もなくて」

「馬鹿な」

美青年は露骨に眉(まゆ)を寄せ、わたしの顔をじいっと見たかと思えばひと言ぼそりと「本当だ」と呟いた。

「なんてことだ。本当におまえ、夢がないじゃないか……」

「は？　だから、最初からそう言ってるじゃないですか。ていうか、なんなんですか」

「いやすまん、驚いて。そんな若者がいるのかと思ってな。しかしこれは、悲しいな」

しゅん、と音でもしそうなほどの憂い顔に変化する美青年の表情――本心からのものなのか馬鹿にされているだけか、知らないけれど、どちらでも同じだ――に、わたしは咄嗟に俯いてしまった。もちろん美青年の言うように悲しかったからではない。

「帰ります」

放っていた鞄を引っ掴んだ。当然まだ水が滴るほど濡れそぼったままだ。雨も少しも弱まっておらず、青空は分厚い雨雲に隠されたまま。

「待て、雨はまだ止んでいないぞ」

「もうどうせ濡れてるし。走って帰るからいいです」

どれほどのどしゃ降りの中だとしてもこんなところにいるよりはずっとマシだ。人の心の敏感なところ、無神経に突き刺して抉って、そのうえ、意味不明な同情までして――イケメンなら何を言ったって許されるとでも思っているのだろうか、さすがのわたしも、我慢ならないことがある。

悲しい？

ふざけんな。夢がなくて何が悪い。

誰もが誇れる特技を持っているわけじゃない。熱中するほど好きなことがあるわけでもないし、憧れる人がいるわけでもない。夢を持っていることはあたり前じゃない。なのにどうしてみんな、何も持たないことを悪いことみたいに言うんだろう。

夢がないことを……将来にひとつも希望を持っていないことを、可哀想だと他人に言われる筋合いはない。誰に何を言われたってそんなものわたしには届かない。だって、このままじゃ駄目なんだって、そんなこと、わたし自身が誰よりわかっているのだから。

「千世」

呼ばれても振り向く気はなかった。

ただ、鞄を両腕で抱き締めて、屋根の下と雨の下の境界線を踏もうとしたとき、ふとイタズラ心が湧いて、足を止めた。

「ねえ、わたしの願いを叶えてくれるって言うんなら」

振り返り、座ったままの美青年を見下ろす。

「この大雨を、今すぐ止ませてください」

自分でも呆れるほど幼稚な意地悪だと思った。でも先に馬鹿げたことを言ってきたのは向こうだ。

さてなんと答えるのだろう。屁理屈でごまかすか、しれっと大人の対応に変えるか——これは不可能な願いに入るとさっきの設定を持ってくるのもあるかもしれない。だが甘い、散々弄ばれた仕返しをさせてもらうぞ。断られたらわたし、超駄々をこねるぞ！

さあどう出る美青年。わたしを納得させてみせろ！

あっはははは、と心の中で高笑いしながら意気込んだわたしに、しかしながら美青年は、

「なんだ、そんなことでいいのか」

とこともなげに答えたのだった。肩透かしを食らうとはこのことか。

ぽかんとするわたしを放置して、美青年は上品な仕草で立ち上がると、ゆるりと顔を上げ魔物でも住んでいそうな禍々しい空を眺める。

「千世がわざわざ願わずともこの雨はいずれ止むが。まあ、おまえがそう望むのなら、おれが拒否する理由もない」

美青年の視線がわたしに戻る。わたしは、何かを言おうとして、でももう何ひとつ言葉にはならなかった。

美しい、宝石のような瞳がゆっくりと細められるのを、わたしはただ、ただ、見ていた。

「千世、おまえの願い、聞き届けた」

――目を、閉じたのは一瞬だ。

眩しさに閉じた瞼を開いた先にわたしが見たのは、美青年の、胸の前に置かれた両の手のひらから溢れる、柔らかな光。

「〝この雨が、止みますように〟」

声は、穏やかに。散って流れて、空気に溶けて。

そして光は言葉を乗せ、線を描いて空に昇り、やがて、消えた。

「……」

呼吸も瞬きも忘れて見ていた。

気づいたときには最後のひと粒が落ちたあと。分厚い雲は消え、光が差し、一面は遠く透明な空。

落ちかけていた太陽は、でもまだ強く輝いて、もうじき来る夕暮れを青空の上で待っていた。

雨が、止んで、晴れた。本当に。

「千世、これでいいか？」

美青年のその問いかけに、答えられるはずがなかった。

わたしは一歩二歩、あとずさって、そのまま石畳の縁に躓いて尻もちをついた。

お尻、痛い。痛いってことは夢じゃない。夢じゃないってことは……現実だ。

本当にこの人、大雨を、止ませたんだ。

「おい千世、大丈夫か」

「……あ、あなた、まさか、本当に」

「ん？」

首筋を嫌な汗が流れていく。心臓の音がやけに耳について、そのくせ、生きている心地なんてほんの少しもしなかった。

なんなんだこれ。どうすればいいんだこれ。もう怒らないから、お願いだから、冗談だと言ってほしい。

「あなた、本当に、神様なんですか」

言っておくけど我が家は無宗教だ。お盆のお墓参りも正月の初詣でもするけれど、いわゆるイベントみたいな感覚で、決して信心深いとは言えない。

おまけにわたしはどちらかと言えばリアリストで、幽霊だとか仏様だとか、悪魔だ天使だそういうものにはまったく興味も関心もなく、もちろん神様も同じくで、そういったものを心の支えにするくらいなら構わないと思うのだけど、それが本当にいるだとか、祈って救われるだなんて信じる気持ちは悪いがカケラも持っていない。

持ってはいない、はずなんだけど。

「何を今さら。先ほど言っただろうが、神であると」

美青年がわずかに眉をひそめるのと同時に、わたしは気が遠くなった。

ああ、何この状況。どうすればいい？　どうするのが正解？

一回家に帰るべき？　とりあえず持ち帰って考えるべき？

うん、そうしよう。とっとと帰りたい。帰って寝てすべてを忘れたい。

「そもそもひと目でわかるだろう。おまえ、あれほどおれをじろじろ見ていたじゃないか。人が、これほど美しいものか」

いや、まあ、確かにじろじろ見たけど。それこそ人間離れしたお美しさだと感動したほどだけれど、まさか本当に人間じゃないなんて、誰が思うか！

「か、神様が、見えること自体おかしいし。神様って、見えていいものじゃなくないですか？」

「それは見えるようにしているからだ。見えなくもできるぞ」

ほら、と美青年が言うと、パッと一瞬姿が消えて、わたしが口をぱくぱくさせている間にまたふわっとマボロシのように現れた。

「どうだ」

と得意げに言ってくるのは構わないがこっちが気絶しそうなのに気づけ。

「ほ、本当に、神様……」

先生、こんなときの対応の仕方は学校で習った覚えはないよ。神様に、遭遇した場合、わたしは一体どうしたらいいの。

誰でもいいから教えてくれ。

「あ、まさか千世、このおれを疑っていたな。なるほど、だからそんなに驚いているのだろう。なんということだ、神の言葉を信じぬとは」

「い、いやいやいや滅相もない。信じてなくもないっていうかそういうわけじゃなくてただ驚いただけっていうか全然問題ないです」

「まったく罰あたりな娘だ」

白目を剥(む)くわたし。神様直々に「罰あたり」頂くとは、何これ、とりあえず喜んでおいたほうがいいのかしら。天罰を下されるところまで想像して、想像だけで心臓が止まりそうになる。

しかし美青年な神様は、わたしとは正反対に笑っていた。嘲(あざ)笑うかのような底冷えする笑い方ではなく、人を安心させる表情で、声は上げず、吐息だけを零(こぼ)し笑う。

「まあ、信じられんのも無理はない。この平成の世だ、神など崇(あが)める者のほうが少ないからな。仕方のないことだ」

美青年は視線を上げる。見ていたのは、あまりにも不自然にすっかり晴れた青空の、何もないどこか。

「これも時代の流れだな。永いときが経ち、もう人は、神などいなくても、自らの力で生きていけるようになった。悪くはない」

わたしに言っているのか、それともただ、独りごちているだけなのか。嬉しそうにも、それでいて寂しそうにも見える横顔は、神様だと言うわりにはあまりにもわたしたちと同じだった。

人間らしいと思った。

あれほど人間離れしていると感じ、実際人間ではないらしいこの神様のことを。きっと今、自分の浮かべている表情が、どんな表情なのか気づいていないところまで。

「だが千世。それはそうとして」

視線をこちらに戻した美青年がゆっくりと首を左右に振る。

「おれは今、とても心を痛めているのだ。わかるか？」

「へ？」

「おれの言葉を疑われたこと。そしてそれ以上に、未来ある若き者が夢も持たずにのんべんだらりと日々を生きていることがあまりにも嘆かわしくてだな」

「なっ……！」

のんべんだらりって。失礼な。そりゃ将来のことはまだまともに決められていないけれど、だからって何も考えていないわけではないし、わたしだってそれなりにいろいろと悩みながら生きているんだからな。

「だからな、千世」

しかし、言い返そうとしたわたしよりも先に美青年はそう呟き、両方の手のひらで——突然のことに対応できずわたしが固まっている間に——わたしの頬を包み込んだのだった。

息が止まった。

ゆらりと、琥珀色の瞳が細まるのを見た。

それが視界いっぱいになるほど近づいて、咄嗟にぎゅっと目を瞑った暗闇の中で、額に、柔らかなものを感じた。

「……」

ゆっくりと両手が離れて、わたしは瞼を開ける。息を呑むほど綺麗な笑顔が目の前にある。

屋根からの水滴がひとつ落ちる音さえ響く静かな中。

「い、今、わたしに……わたしのおでこに、何を」

「ん？」

……何をされた？　わたし今この人に、一体何をされた？

この人、わたしに何をした？

わたし今、この人に、おでこに、キ、キ……！

「ああ。今、おれはおまえを祟った」

「キスを……って……へ？」

え？　タタッタ……？

キスではなく？　たたった？

……祟った？

「どんな祟りを仕かけたかはお楽しみだが」

「え、ちょっと待って。え？」

「千世、この祟りを解いてほしくば、明日からおれの仕事の手伝いをしにここへ来い」

「はああ!?」

いやいやいや待て待て待て。何もかもがわからない。何がどうしてこんな展開になっている？

「喜べ。夢のないおまえのために、おまえが夢とは何かを見つけられるようにおれを手伝わせてやるのだ」

あっはっは、と高笑いする神様のことはひと先ず無視して考える。祟り、なんて非科学的なことはもちろん信じてはいないけれど、この美青年が神様——少なくとも人間ではないらしいことは不可解な現象を目撃し確認済みだ。ということは、祟りも現実にあり得るということである。

わたしは今本当に、神様に、祟られてしまったということ？

つまり放っておけばこの身にとんでもないこと——祟りが起こるということ？

「ちょ、やばいじゃんそれ！　ねえちょっと解いて、今すぐ！」

「やだ。なんのためにわざわざやったと思っているのだ。解いたら千世はここへは来ないだろう。おれは面倒ごとからはすぐ逃げる昨今のゆとり世代の実状を把握しているのだ」

「くっ……そのとおりだけど」

「手伝いに来ればいいだけの話だ。構わんだろう、おまえ、暇そうな顔をしているし」

「なんだと！」

暇なのは否定しないけれど。こんなのはありがた迷惑でしかない。夢とは何かを見つけられるように、だなんて、そんなのわたしは頼んじゃいない。見つけようと思ったって見つからないことも、人任せにはできないことも——自分自身の力でしか見つけられないことも十分に理解しているんだ。

だから誰にも頼れない、たったひとりで努力して苦しむしかない。

これは、神様だって立ち入れない、わたしだけの問題なのだ。

「何、そう深刻な顔をするな。真面目に来さえすれば祟りは起きないのだからな」

神様は妙に見当違いのことを言うし。

「て言うか、どんな祟りなのこれ。言うこと聞かなかったらわたしに何が起きるの」

「内緒だ。とっぷしーくれっと」

「か、神様がそんなことしていいわけ？　人を守ってくれるのが神様なんじゃないの」

「信じる者は救われると言うだろう。詰まるところ、信じぬ者のことなど知ったことか」

「くっ、この野郎！」

なんて根性悪な神様なんだ。無駄な意地悪なんて考えずにとっとと帰っていればよかった。いやそもそも、おまんじゅうをあげなければよかったんだ。黙って雨が止むまで座っていれば……綺麗なお顔に油断してしまった。

ああもう、なんでわたしがこんな目に。

……いやでも待てよ。そもそもわたしは本当に祟られているのだろうか。空が晴れたり神様が消えたりっていうのは実際に目撃したけれど、祟りに関しては一切何も目のあたりにしていない。体に変化もないようだし、もしかして、この神様とやらがうまい具合に可愛いわたしを丸め込むために嘘を吐いたとも考えられるような。

という、わたしの心の声を聞き取りでもしたのだろうか、美形神様は勝手にわたしの鞄を探り（驚いて腰を抜かした際にまた放り投げていたらしい）それに対しわたしが怒るのも無視して中からあるものを取り出した。

「あったあった。おまえの鞄、勉強道具が一切入っていないな。ほら千世、確認してみろ」

見せられたのは愛用のミラー。前に紗弥に好き勝手デコられたキュートなそれが全面にわたしの顔面を映していた。

なんだ、と思っていたら、神様の指がわたしの前髪を掻き分ける。

鏡の中の自分の顔が一瞬で青くなる。

しかし、どれだけ血の気が引いても、さっきキスをされた額の中心だけは、ぼうっと白く光っていた。

光っていたのだ。

「祟りの印だ。その光自体はやがて消えるから気にするな」

気にするわ……おでこが光っているなんてただごとじゃないよ。

これで祟りの印までも目撃してしまった。もう自分をごまかし現実から目を背けることができなくなった。

「うん、落ち込んでいるな」

うな垂れた頭上から声が降る。のろのろ視線だけを上げて睨むと、天使のごとく綺麗なお顔が見下ろしていた。天使じゃなくて、神様なんだっけ。

「……お仕事って、つまり何をするんですか」

「この神社に参拝に来る者たちの願いを叶えるのがおれの仕事だ」

「わたし人の願いなんて叶えられませんけど」

「できることはどこかにあるだろう。あとは、そうだな、境内の掃除とか、補修とか、草むしりとか」

「雑用じゃん！」

「これも大切な神の手伝い、そして参拝に来る者たちへの配慮だ。決して怠ってはならないし、侮ってはいけないない仕事だ」

「うう」

くそ。なんだかうまく丸め込まれている気がする、というか、遊ばれているだけのような。

わたし、本当にこの神様の手伝いをしなければいけないのかな——夢とやらを、見つけられるまで。

「そうだ千世、今のうちに家に帰ったほうがいいぞ。この晴天、長くは続かんからな」

神様が少しずつ焼けてきた空を見上げる。

「……言われなくても帰ります。なんかもう、すごい疲れた」

鏡を奪い取って、湿った鞄を引っ掴んだ。勢いよく立ち上がったところに、屋根からの雫が頭に落ちた。神様の奇跡ですっかり晴れた空は、今はまだ、ふたたび曇る気配はない。だとしても、もう帰りたい。

「ああ、気をつけろ。では明日、待っているからな、必ず来るんだぞ」

「はあい、はいはい」

「そうそう、土産も持ってこいよ。三波屋のまんじゅうでいいから」

「誰が持ってくるか！」

殴りたいところだけれどそんな度胸はさすがにないので、心の中で罵れるだけ罵りながら、石畳を走り、狛犬の間をすり抜けた。

「千世」

と、名前を呼ばれ振り返る。

「我が名は常葉。この社に住まう夢の神」

夕陽のあたらない日陰の中で柔らかく笑う。銀の髪が揺れていた。琥珀の瞳が、きらりと光った。

「明日もここで待つ。千世、また、明日」

振られた手には振り返さずに、短い参道を走り抜ける。鳥居の真下でもう一度だけ振り返ってみたけれど、もう神様——常葉はそこにはいなかった。

「ときわ」

真っ赤な鳥居を見上げる。その向こうの、オレンジに染まりはじめた空を見る。

気づいたのはそのときだ、びしょ濡れだったはずの制服やローファーが、いつの間にか空と同じにすっかり乾いてしまっていた。

息を吸って。鞄を背負い直して。まだ濡れる石の階段を、わたしはひとつ飛ばしで駆け下りた。

第二章　枝分かれの迷い途中

今日はとうとう朝から雨が降った。おかげで湿気たっぷりのじめっとした梅雨の空気が学校中に充満している。空は昨日よりも真っ暗で、お日様が天辺にいるはずの今の時間も、まるで夜がそこまで来ているかのように薄暗く、気味悪い雰囲気を漂わせている。六月の雨は夏を乗りきるための恵みの雨らしい。けれど、それにしてもここまで陰気臭いと、どうにもテンションが上がらない。

ただし、今日のわたしのテンションについては実は梅雨空とは無関係だ。わたしの心がじめっとした空と同じようにじめっとしているそのわけは、まったく別のところにある。

「千世、なんか今日元気なくない？」

机に突っ伏していたら、どかっと勢いよく椅子に座る音がした。誰が来たかは声でわかるけれど匂いでもわかる。なぜなら彼女は常にチョコとか砂糖みたいな甘い匂いを纏っているからだ。それにつられる蟻(あり)のごとく顔を上げると、前の先に座った紗弥がにやにやしながらわたしのことを見ていた。

「紗弥、いや、元気もりもりですのでご心配なく」

「いや、引くくらい元気ないよ。どうしたの、嫌なことでもあった？」

「ん、まあ、そんな感じ」

「あらあら、これ食べて元気出しなよ」

　机の上に置かれた紗弥お手製のクッキーはわたしの命の源だ。ふたりでチョコチップクッキーを齧りながら、すっかり海みたいになった窓の外を眺めていた。最近はよく雨が降るから校庭が使えないことが多くて、朝にはグラウンドを使う運動部の子が「また校舎で筋トレだ」と嘆いているのを聞いた。

　外は暗くて、そのせいで雨が打ちつける窓にはこちら側の景色がよく映る。

「で、何があった？」

　窓に映る紗弥と目が合った。紗弥はこういうところが怖いのだ、人のことをよく見ていて、感情の変化に鋭い。

　むぐむぐとクッキーを頬張りながら自分の額に手を伸ばしてみる。そこにはもう何もない。昨日寝るまでは薄ら光が残っていたが、朝鏡を見てみたらすっかり消えてしまっていた。でも、妙な、じわりと温かいものを感じる気がする。目に見えるものは何もない、が、確かにそこには何かがある、気がするのだ。

「あのね、実は、昨日ね」

「うんうん」

「神様に、祟られた」

　ざあっと雨足が強まった。

　びしびし嫌がらせみたいに窓に雨粒が打ちつける中、紗弥は食べかけのクッキー片手に険しく眉を寄せていた。

「千世……本当にどうした。結構軽い気持ちだったけどマジで心配になってきた」

「それはわたしが祟られたことについて？　それとも祟られたとか言ってることについて？」

「後者に決まってるじゃん。千世、おまじないとかオカルト興味なかったはずでしょ」

当然だ。過去形ではなく現在進行形でわたしは紛うことなきリアリストなのだ。だから馬鹿なことを言っているとは自分でもよくわかっているし、誰かに「そんなことない、それは夢だ」と言ってもらえたらそれほど嬉しいことはない。

だけど、昨日起きたことも紛うことなき現実なのだ。だって家に帰ってからもしばらくおでこ光ってたし。お父さんとお母さんに見つからないようにするの超大変だったし。

「どうしよう紗弥、わたし祟り殺されるなんて嫌だよう！」

「ちょいちょい千世、落ち着きなさいよ。ていうか本当に祟られたわけ？　その、神様に」

「だから言ってるじゃん、そうだって。紗弥は親友であるこのわたしを信用できないの？」

「信じるにしても限度ってもんがあるからね。でも、千世が元気ないのは見ていられれないよ」

ほい、と紗弥がわたしの口にクッキーをねじ込むから、わたしは釈然としないまま
それをもぐもぐと頬張る。うまうま。

「で、千世は一体どこの神様に祟られたって？」

「えっと、常ノ葉神社ってとこの神様」

「常ノ葉神社って、確か商店街の裏の？」

「あ、紗弥知ってるんだ」

「ばあちゃんと、小さいときに何回か行ったことあるよ。高台の神社だよね。もうず
っと行ってないけど……てか千世、なんでそんなところ行ったの」

「昨日帰り道にどしゃ降りにあって、雨宿りしようと思って」

ああ、あの雨さえなければ……もしくは傘さえ持っていれば、こんなことにはなら
ずに済んだのに。なんて、後悔したってどうにもならないけれど。

「なるほど。確かに昨日は大雨降ったもんね。ふうん、あそこの神様にね」

「紗弥、わたしの言葉、信じてくれるの？」

「いや、まったくもって信じてないけど、なんかおもしろそうだからもうちょっと追
及するね」

「なっ……！」

「それで千世はなんで祟られちゃったわけ？　悪いことしたの？　賽銭泥棒とか」

「そんなことするわけないじゃん！」

人聞きの悪いことを言うなと、ちょっとぷんすかしながらわたしは昨日のことを紗弥に話した。

話した結果、爆笑された。何がそんなにツボにはまったのか、紗弥はお腹を抱えて大笑いして、挙句おじさんみたいに咽せる始末だ。そのうちようやく顔を上げたけれど、にやけ顔は直っていない。

「いやあ、でもその神様ってなかなかいい奴じゃん。なんだかんだ千世の願いだって叶えてくれたわけだしさ」

「人を軽い気持ちで祟る神様のどこがいい奴なの？　もうわたしは腹わた煮えくり返って仕方ないってのに！」

「それだって、お仕事手伝えば問題ないんでしょ。神様の助手なんてそうそう経験できることじゃないよ。やって損はないって」

紗弥は自分の言ったことにウケたようで「ひゃー！」と引き気味にまたひとつ笑った。

「……紗弥、わたしのこと馬鹿にしてるでしょ」

「そんな滅相もない。それに、まあ、神様結構いいこと言うなあとも思ったし」

「いいこと？」

「千世の夢が何か見つかるまで、手伝わせてやるってさ」

紗弥が机に頰杖をついて、猫みたいな丸い目でわたしを見上げる。

「昨日も千世、進路調査票に何書けばいいかわかんなかったみたいだし。千世はまだ、将来のこととか決まってないんでしょ」

「まあ、そうなんだけど」

ため息を吐いて、また机の上に突っ伏した。木製の机は雨で湿気って、なんだか嫌な臭いがした。

「紗弥はいいよね、羨ましいよ」

「何が？　美人なところ？　社交的なところ？」

「そ、それもだけど……将来の夢、はっきり決まってるところ」

だって、夢に向かって頑張るのって格好いいし、もうすでに未来への道、明るそうだし。それに、もしもわたしが紗弥みたいにちゃんと夢を持っていたなら、性悪神様に祟られるだなんてこともなかったんだろうし。

「あーあ。わたしって、なんでこんななんだろ」

高二にもなってロクに自分のことすら考えられない駄目なわたし。そのせいでまわりに置いていかれるだけでは飽き足らず、とんでもない災難まで抱え込んでしまった。

夢、なんて、みんなどうやって見つけていくんだろう。

「でも、あたしはさ、逆に羨ましかったりもするよ？」

紗弥がクッキーをつまみながら呟く。

「羨ましいって、わたしが？」

「うん。だって、夢がないってさ、つまりこれからどんな夢でも見られるってことでしょ」

小さなクッキーの半分が、ぱきりと音を立てて紗弥のくちびるの奥に消える。

「そう考えるとやっぱり羨ましいよ。夢がないって言っちゃうとあれだけど、つまり、これから先、無限に可能性があるってことじゃん」

残りの半分もひと口で消える。溶けたチョコチップが手に付いたのか、紗弥は飾りけのない指先をぺろりと舐めた。

「無限……」

「うん。どんな道だって選べる。それって結構、すごいことだと思うんだよね」

にいっと笑いながら、紗弥はまたわたしの口にクッキーを押し込んだ。噛み砕いて飲み込んだ紗弥の手づくりクッキーは、やっぱり文句なしにおいしい。

「でも、どんな道も選べない、って可能性もそこにはあるんじゃ」

「まあそりゃそうだよね。それはあたしにもあることだし。夢持ってたって叶うかどうかはまた別の話だから、こういうのって努力だけでどうにかなるもんでもないじゃん。才能や運や、ときにはお金も必要だし」

「結構シビアだね」

「夢も見つつ現実も見つつ、ね。ただ、できる限りはめいっぱい、もがいたり迷ったりするのも悪いことじゃないと思うよ」

「そういうもんかなあ」

「さあ」

あっけらかんと答える紗弥に呆れつつ、新しいクッキーを拾い上げる。外は大雨。窓に打ちつけた雨が、いくつかの筋になって下へ伝っていく。

眩しいなと、思う。

羨ましいのは、やっぱり紗弥のほうだ。何かに向かって進んでいて、自分の目指すべき道を知っている。それは本当にすごいことだって、行くべき道がわからないからこそわたしは知っている。無限の可能性なんて言うけれど、現実はそんなはずもないし、自分には、たったひとつの可能性すらないように感じてしまう。

わからないんだ、わたしはまだ。どうやってこれから先の道を見つけていくのか。どうやってその先へ進んでいけばいいのか。どうやったら、他にふたつとない、たったひとりの自分になれるのか。その方法が、わからない。

「ところでさ千世！」

急に紗弥がぐっと身を乗り出した。驚いて咽せるわたしのことは気にも留めずに、妙に楽しげなにやけ顔で続ける。

「幼なじみの情報、まだないの？」

「……情報？」

「そろそろ時期でしょ。決まる頃かなと思って」

言われて、ああ、と思い至った。わたしの幼なじみの野球少年、大和が今年もレギュラーを勝ち取れたかという話だ。紗弥は高校野球のファンでもある。

「うん。昨日夜メール来た。ばっちり抜かりなくピッチャーだってさ」

「おお、さすが神崎くん！　やっぱりあそこのエースは彼しかいないよね」

「そうなの？」

「そうなの、って千世、去年の甲子園見に行ったんでしょ。あんな球投げられるの他にそうそういないって」

笑ったり怒ったり、とりあえずはしゃいでいる紗弥に適当に相づちは打つけれど、あいにくわたしは野球のことはさっぱりなんだ。小さい頃から大和の試合をしょっちゅう見学していたけれど、そのスポーツ自体に興味が湧いたことは一度もなかった。ぶっちゃけるとルールもイマイチわかっていない。昔大和に教えられたけれど、投げたボールを打って走るくらいのことだけ理解した。

　ただ、野球をしている大和のことは、どれだけ見ても飽きなかった。去年の甲子園で久しぶりに大和の試合を見たときも、まだ一緒に手を繋いで、たまに同じ布団で寝ていたりした小さなときも。昔から、今までずっと。

　大和は、ユニフォームを着て、グローブを着けて、ボールを持っている間、この宇宙の誰よりも綺麗だった。男の子で、おまけに汗まみれで泥だらけなのに、綺麗だなんて言葉はおかしいかもしれないけれど、でもそれが一番あてはまるのだ。格好いいでも素敵でもなく、野球をしている大和は他の誰より綺麗だった。

「神崎くん。高卒でプロ目指すんだよね？」

「うん、そう言ってた。あいつ腹立つことに勉強もできるから、大学行くこともできそうだけど」

「でも大学行くのはもったいないもんねえ。絶対上位でドラフト指名くるし」

「わたしはそのあたりの事情よくわかんないんだけど。ただ本人は、それを希望してたよ」

　そして、そのために頑張っている。並大抵の努力じゃないけれど、弱音を吐いているところは見たことがなかった。どんなに辛いことでも大和にとっては努力をしているという感覚ではなかったのだ。

——単に好きなことなんだ。頑張ってるわけじゃなく、おれは好きなことを続けているだけなんだ。だから努力しているって感じたことはない。

いつかそんなことを言っていた。努力しているんだねと人に言われるたびに、なんだか首を傾げてしまう、と首を傾げる幼なじみに、ふうんと、やる気のない相づちを打ちながら、わたしはそれを聞いていた。

「千世は今年も甲子園見に行くの?」

紗弥に訊かれ曖昧(あいまい)に頷く。

「大和のとこが行けたらね。でもまずは予選だよ。そこ突破しないといけないんでしょ」

「神崎くんとこなら行けるでしょ。ああ、今年はあたしも行こうかなあ」

早速「お金貯めておかなきゃ」とか言っている紗弥に、気が早いなと呆れて笑った。

甲子園に行くためにはもうすぐはじまる予選を勝ち抜かなければいけないし、それはわたしたちが思っている以上に大変で難しいことらしい。でも、その道のりが厳しいのだと考えるたび、それでもひとつひとつ着実に乗り越えて前へ進む大和は、本当に、すごい奴なんだと思うのだ。

三波屋のおばちゃんとはすっかり顔見知りになった。週に二、三回は来ているお店だ。おかげで常連扱いされていて、ちょっと恥ずかしかったり、嬉しかったり。

「こんにちは」

「あら千世ちゃんいらっしゃい。二日続けて来るのは珍しいね」

「あはは……あの、上用まんじゅうふたつお願いします」

「はいはい、すぐ用意するね」

おばちゃんは慣れた手つきでおまんじゅうを袋にしまい、まだ雨が降っているからか、紙袋の上からビニール袋にも包んでくれた。

「ありがとうございます」

「こちらこそ。雨、止みかけてきてるけど、まだ気をつけてね」

返事をしながら受け取ると、「そういえばさ」とおばちゃんがカウンター越しに顔を寄せてくる。

「昨日夕方からどしゃ降りだったじゃない。でも、急に晴れたの知ってる？」

「え？」

「千世ちゃん、あの時間だったらもう家に着いちゃってたかな。雨すごかったのにね、気づいたらふわあっと止んでたのよ」

「へ、へえ……知らなかった、です」

「でも一時間もしないうちにまた降り出しちゃったんだけどね。不安定なのかねえ。

秋じゃないのに移ろいやすい空模様なのかしら」

首を傾げるおばちゃんに「そうかもですね」と適当に返事をして慌ててお店を出た。軒先で傘を差すと雫が弾ける。わたしは、真っ赤な傘の小さな屋根の下、小降りになってきた雨の中をまた歩き出す。三波屋のおまんじゅう片手に、いつもはのんきに歩く道を、今日はちょっと重い足取りで。

「よく来たな、千世」

石の階段をのぼった先の赤い鳥居をくぐると、短い参道があって、その奥にお社がある。前にそそり出た長い屋根の下、昨日と同じ場所に、そいつは今日もにこやかに座っていた。

実は昨日のアレは全部夢でした。っていうオチもちょっとは期待したけれど、事実は小説よりもオカシナことになっているらしい。たいそう綺麗なお顔で、ひらひらと手を振る姿がなんとも恨めしい。

「遅かったな。おれは待ちくたびれたぞ」

「学校あるんだからしょうがないじゃん。これでも授業終わってすぐに来たんだけど」

「そうか、いい心がけだ。おれは来ないかもと心配してしまった」

「祟られてさえいなかったら来るわけなかったんだけど」

「それなら祟った甲斐もあったというものだ。すっかり待ちくたびれたぞ」

「はいはい」

ため息を吐きながら傘を畳んだ。神様だかなんだか知らないけれど、もうこいつの前では礼儀も行儀も知ったこっちゃない。

鞄を放り投げて常葉の隣にどかっと腰かけた。足も背筋もぐっと伸ばして体をほぐせばぱきぱきと関節から音が鳴る。最近は雨ばっかりだから、なんだか気が滅入って余計に疲れが溜まる気がする。

「千世ははしたない娘だな。もう少ししとやかにせねば、嫁の行きどころがなくなるぞ」

腕を伸ばす横で、常葉が顔をしかめていた。

「そういうこと言うと、おまんじゅうが食べられなくなるよ」

「何？」

常葉の瞳がはっと見開き、さっき買ったばかりの袋を見せると、今度はふにゃりと表情が柔らかくなった。

「千世にはきっとよい嫁入り先が見つかるな」

「神様のくせに現金だな」

弱まってきた雨を眺めながらふたりでおまんじゅうを齧る。今のこの姿を客観的に思い浮かべてみたら、なんだか縁側でお茶して余生を過ごす老夫婦みたいだなと思った。

「美人は三日で飽きてブスは三日で慣れるって言うけど、絶世の美しい神様も一日経てば見慣れるものだね」

「おれは庶民に寄り添う神だからな。神々しさに目を逸らされるのではなく、その瞳にじっくり映され深く愛されるたいぷなんだ。ただし並みの美人と違い飽きることなどないからな、千世も思う存分おれを眺めるといい」

「はいはい、あとでね」

ゆっくりと時間が過ぎていく。大粒の雫が、屋根の縁でぷくりと膨らんで落ちた。

「ん、上がったな」

最後のひとかけを飲み込んだ常葉がぽつりと言った。降り続いていた雨がようやく止んだ。明日は、久しぶりにすっかり晴れると聞いている。

「これはあんたの仕業じゃないよね」

「違う。千世の願いを特別に叶えてやるのは一度きりだ。昨日のはさーびす」

「別にわたしだって毎度願うほど雨に止んでほしいわけじゃないよ」

うねうね分厚く漂っていた雲が巨体をどこかへ移していく。少し明るくなった空は、でも、ちょっとずつ夕方のそれに近づいていた。

鳥がどこかで鳴いている。遠くから、商店街の賑わいが響く。

「ねえ常葉、ここって神主さんっていないの？　人間の姿見当たらないけど」

社務所らしいものはあるものの、昨日と変わらず境内のどこにも人の気配はない。

昨今の神社の内情なんて知らないけれど、こういうものなのだろうか。

「名目の上ではいるようだが、ほとんど姿は見せん。昔は常にいたものだが」

「へえ。でも全然管理できてないじゃん。お社もボロだし、掃除だってできてなさそう」

「掃除は町の者が持ち回りでしていくときもあるのだが、そういえば、最近は人数も減ったな」

「駄目だね。そういうのは、きちんとしないといけないよ」

「まあ掃除はおまえがやればいいし、余計な人間がいないおかげでおまえを存分こき使えるから構わんが」

「もうわたしにとって最悪な状況ばかり！」

みんなもっと神様を大事にするべきだ！　こんなだからいたいけな女子高生が犠牲になるんだ！

「……ところでさ」

「なんだ」

「聞くけど、ここって参拝に来る人いるの？」

掃除までしろというのは納得はしていないが、だとしても雑用まで押しつけられた理由はわかる気がする。神様の仕事を手伝えと言われても、そのお仕事が来なさそうな雰囲気なのだ。パワースポットとして近頃人気の大きい神社ならいざ知らず、こんなさびれた町の神社、今どきお参りに来る人なんてそうそういないのでは。

「失敬な。たまに来る」

「たまになんだ……ねえ、わたし今日はもう帰っていい？　絶対に人来ないじゃん」

「駄目」

「懐狭い神様だなあ。おまんじゅうあげただろうが」

「明日も持ってこいよ」

「嫌だよ。お小遣いなくなる」

べーっと舌を出したちょうどそのときだ。常葉が「お」と声を上げた。

「ほら来たぞ、参拝者だ。千世、ちょっとずれろ」

「え？　ちょっとなになに」

お社の正面ど真ん中に座っていたわたしは、常葉に押されて隅のほうにずらされた。なんだなんだと思っていたら、しばらくして、鳥居の向こうに階段をのぼってくる頭がぴょこんと見えた。

「うわ、本当に来た」

「だから言っただろう」

折り畳んだ傘を右手にかけていた。お上品な服を着た、人柄のよさそうなおばあさんだった。おばあさんは鳥居をくぐり、わたしたちを見つけると「あら」と声を上げてふわりと笑った。

「こんにちは」

「ああ。いつもご苦労だな」

「お互い様ですよ」

お社の前まで来たおばあさんは、わたしにも滑らかな仕草で頭を下げてくれた。

遠目での印象よりもお年を召しているようだ。たぶん、うちのばあちゃんよりもずっと年上だろう。常葉とは顔見知りみたいだが、まさかこのおばあさんも神様ではあるまいな。

「雨、上がりましたね」

「そうだな。明日は久しぶりに一日晴れるらしい」

「ええ。でもそういえば昨日も、夕方突然晴れましたね」

「神の気まぐれだ」

「ふふ、そうかもしれないですね」

どきっとして冷や汗を流すわたしの横で、常葉はのんきに空を見上げ、おばあさんは朗らかに微笑んでいる。

「さて、今日はおまんじゅうを買っていないのでお賽銭でいきますね」

おばあさんは、バッグからお財布を出すと、小銭を取り出してお賽銭箱に投げ入れた。それからパンパンと二回拍手（かしわで）を打って、お社に向かい手を合わせる。

ほんの少しだったけれど、時間が、止まったみたいにゆったりと流れたその間、わたしと常葉は静かに、おばあさんのことを見ていた。

「さて、お邪魔しちゃ悪いから、早いとこ帰らせていただこうかしら」

最後に一礼して顔を上げたおばあさんは、ものすごくいらない気を遣ってくれたらしく、お参りを終えると早々に畳んだ傘を持ち直し、短い参道を戻っていった。鳥居をくぐったところで振り返り、会釈をして、ゆっくりと石段を下りていく。

その小さな頭が見えなくなるまで見送った。神社はまた、わたしと常葉だけになる。

「……常葉って、他の人にもちゃんと見えてるんだ」

お参りをしていたからおそらく人間であるはずのおばあさんと、常葉の馴染（なじ）んだやりとりは、これまでにも何度も顔を合わせているふうだった。

「まあな。おれはご近所に知り合い多いぞ」

「それって神様として大丈夫なの？」

「向こうはおれのことを神とは知らない。安乃もそうだ。ご近所の、何をしているかわからないちょっと不思議な美青年くらいにしか思っていないだろう」

「ヤスノ？」

「今訪れた者の名だ」

ふうん、と何げなく相づちを打ちながら、今のおばあさんは何を願ったんだろうと思った。手を合わせているあの人は、穏やかな表情をしていた。

「……て言うか、今のってお仕事だよね？」

「ん？」

「参拝に来てくれた人の、願いを叶えるのが仕事でしょ。ぼうっとしてる場合じゃないよ」

滅多に人の来ないらしいこの神社にやってきた数少ないチャンスだ。次がいつになるのかもわからないのだから、これを逃すわけにはいかない。そして祟りもとっとと解いてもらわなければ。

「いや、安乃はいいんだ。願うためにここに来ているわけではない」

「え、そうなの？」

「日課のようなものだ。千世が日々学び舎へ通うのと同じように安乃はここを訪れる」

「そっかあ……まあ、そういう人もいるよね」

ついため息を吐いてしまった。早々に解放されるかと思ったけど、そううまくはいかないものらしい。

「あーあ、早く終わらないかな」

「言っておくが、願いを叶えるだけでは駄目だぞ。それだけでは祟りは解いてやらん」

「え、そうなの!? 仕事手伝えば解くって言ってたじゃん!」

「それでは意味がないからな。きちんと千世が、夢とは何かを見つけなければ駄目だ」

「なんだそれ、だから余計なお世話なんだってば!」

ぶうっとほっぺたを膨らませると、常葉は逆に、楽しそうに笑った。のんきな神様は人を怒らせても気にせず無視だ。

常葉が、どこからか飛んできた葉っぱを指先でつまんで、くるくると回しながらお日様にかざした。透けた葉脈のその向こうに一体何を見ているんだか。同じように透けそうなくらい綺麗な横顔は、何を考えているのか、まったくもってわからない。

わたしはまたひとつ息を吐く。まだ、雨の匂いの残る空を見上げる。

「ねえ、今の人……ヤスノさんって、昔から来てるの?」

「今の千世の年よりも幼い頃から知っている」

「そうなんだ。わたしよりも年上の人の、わたしより年下の頃とか、なんか想像もつかないや」

「安乃も願いのない奴だ。安乃がおれに願い、おれがその願いを叶えたのは、たったの一度きりだった」

「一度きり？」

「ああ。いや、願いがないのとは違うか。安乃はそのたった一度の願いが、生涯の夢だっただけだ。そのひとつの願いが、真っ直ぐに自らの行くべき道を示していた」

常葉が葉っぱを弾いたら、その葉っぱはふわりと浮いて風船みたいに泳いでいった。行く当てもなく宙をふらふら彷徨う葉っぱは、まるで迷いながらとりあえず足踏みだけしている、わたしにそっくりだと思った。

真っ直ぐ、自分の行く道。きっと、紗弥や大和の心にも、その道がはっきり見えているのだろう。今いる場所から、どこへ向かって歩いていけばいいのかふたりは確かにわかっている。だけどわたしはわからない。次の一歩を、一体どこに踏み出せばいいのか。

「……この先だって見つけられるとも思えないけど」

ぼそりと言うと、「何がだ？」と常葉が訊いてきた。伸ばしたローファーの先に落ちた、透明の雫をわたしは見ていた。

「自分で決めた行く道ってやつだよ。常葉はなんか、わたしに夢見つけさせようとしてるみたいだけど、そんなもの、どうやって探せばいいのか見当もつかない」

小さな頃にはきっとあった。アニメの魔法を使える強いヒロインになりたいだとか、宇宙に行って宇宙人に会いたいだとか、タイムマシンを開発したいだとか。でもそのうちそういう夢はなくなった。捨てたわけじゃなく、本当にいつの間にか綺麗さっぱり消えていた。

少しずつ、いろいろなことがわかるようになってきたからだと思う。世の中のこと、自分のこと。

人よりちょっと算数ができたのは小学生まで。人よりちょっと足が速かったのは中学生まで。自分が思っていた以上に自分にはなんの取り柄もなかった。普通だった。劇的なことは起きなかった。努力しても、成功者が言うような結果は自分には訪れなかった。

この世界に生きる七十億人。わたしはただの七十億分の一。数字でひと纏めにされてしまうようなその他大勢の中のひとりで、わたしの痛みも悩みも他の人には分かち合えやしないのに、他の人とは違う、たったひとりの自分には、どうしたってなれない。なれる気が、しないのだ。

雲の減った空に夕日が浮かぶ。いつの間にかオレンジ色に変わった空。雨上がりの匂いがしていた。空は晴れても、わたしの心は、いつまでだってぐるぐる雲が渦巻いたまま。

「千世」

常葉がふいに立ち上がった。じゃり、と下駄の下で砂を踏む音がした。

「おれは千世が、夢を持つことを望んでいるわけではない。夢を願い続ける心を、忘れず持っていてほしいのだ」

「何それ……なんか違うの？」

「違う」

顔を上げると常葉は振り返った。髪に夕日が反射して、輪郭がきらきら光っていた。美貌の神様は、それこそ夢みたいに綺麗なお顔でわたしに微笑むから、わたしは何も言えないまま、じっと睫毛の奥の琥珀色を見つめていた。

だから、自分に伸びてきている腕にも気づくのが遅かった。あれ、と思ったときにはもう長い腕が腰に巻きついて、はっとしたときにはすでに、わたしは常葉に担がれていた。

「……え？」

「案外軽いな千世。米俵よりも軽いぞ。もっと飯を食え」

「ちょ、ええええ!?」

なんなんだコレ。どうしてんだコレ。

なんでこの流れで今わたしは担がれることになった？

せめてお姫様抱っこにしてくれ！

「ちょっと何してんの!?」

「仕方なく担いでやっている」

「わたしが頼んだみたいな言い方すんな！　もう、下ろしてよ！」

暴れてみても当然のように神様は意に介さない。それでもじたばた叫んでいたら

「やかましい」とお尻をベシッとはたかれた。もうお嫁にいけない。

「すぐ下ろす。黙っていろ」

常葉は面倒臭そうに呟くと、わたしを抱えたままで屋根の下から出て、そして飛んだ。

音が消え、風を感じた。

離れる地面を見ていた。見下ろす位置にある鳥居を見ていた。目の前を飛んでいくカラスを見ていた。

低い位置の夕日に、涙が出かけた。

「うわあああああ!!」

「うるさい」

「飛んだあああ!!」

「うるさい」

　ぎゃあああと叫びを小さな境内に響かせたのも束の間、叫びきらない間にどかっと乱暴にどこかへ下ろされた。息も絶え絶え涙目で、離れたはずの地面を確認する。が、足下にあったのは地面ではなく、瓦だ。まだ雨で濡れているそれにつるんと足が滑りかける。

「わあああ！　や、屋根の上!?」

「ああ」

「ちょっと待って、落ちる……！」

「落ちはしない。おれがいる」

　隣にいる常葉がわたしの腰を抱き寄せて、それから「見てみろ」と後ろを指差した。

　涙と鼻水を一滴ずつ垂らしながら恐る恐る振り返る、と、目の前を覆う広い緑に思わず大きく口を開けた。

「我が社の自慢だ」

　――強い風が吹き抜けた。咄嗟に着物を掴んだ手に細かな雫が降りかかる。

　そこにあったのは一本の大木だ。お社の裏の鎮守の杜に、ひときわ大きくどんと聳える木があった。広大な森には見渡す限りに樹木が生えているものの、その大木の立ち姿は他の木よりもことさら立派で、お社の屋根よりも高く広く伸びた緑は圧倒されるほど壮観だった。

「大きな木……。こんなのが生えてたなんて知らなかった」

「この社が建てられたときより生きている楠だ。いつの間にか、社の屋根を優に超えるほど大きくなった」

「すごいな、なんか、神々しいね。神様でも宿っていそうな感じ」

「おまえ、おれが神だということを忘れているな？」

風が吹くたびに、巨大な楠は何千という葉を揺らして雨の雫を弾かせる。その雫の光も、葉の音も、この森の全部を優しく包み、見守っているかのように思えた。

「人の生とは、木と同じだ」

千世、と常葉がとても小さな声でわたしの名前を呼んだ。伸ばした常葉の指先が、見えない木の根っこのほうからゆっくりと上へなぞっていく。

「はじめは誰もが同じ一本の幹。この世に生まれ愛され、そして言葉を覚え他人と接し、やがて少しずつ違った道を歩みはじめる」

指は、幹から続く太い枝を指していく。その枝からも、幾本も伸びるまた新しい細い枝。次々と、いくつも分かれて違う方向へと向かっていく。幹から離れ、でも遠く空へと向かいどこまでも。

「人の道は探すものではない。もう確かにそこにあるのだ。はじめて歩んだ場所から数えきれないほどに枝分かれをして、自分のいる場所の先に長く長く続いている。どの道を選ぶかは自由だ。人はそれぞれの夢を持ち、その夢を目印に行く道を辿っていく。別れ道はまたいくつもある。迷うこともある。恐ろしくもある。引き返すのもいい。それが人だ。たとえ幾度立ち止まろうと、迷おうと挫けようと、目印さえあるならば、何度でもまた歩き出せる」

ひらりと落ちてきた葉っぱを、常葉が手のひらで受け止めた。どこまでも伸びる無数の枝に、茂った青々とした緑の葉。

「常しえに茂る葉のように、いつか花咲くを待ちわびて。広い空を凛と仰ぐ、消えることない確かなしるべ」

森がざわつく。雫が弾ける。夕方の光を浴びたそれが、星の粒をまき散らしたみたいに白くきらきら光っていた。世界が煌めく。

「夢を願え、千世。些細でも、曖昧でも、くだらなくても構わない。己の中で揺るぎなければ。その小さな目印を追いかけていけば、おのずと行く道へ踏み出していける」

わたしは答えられずに、ただ綺麗な横顔を見ている。

行く道。自分の道。目の前の大きな木を見上げながら、わたしの現在地はどのあたりなんだろうと考えた。きっとまだ、随分幹に近いところだ。幹から直接生えた太い枝の、一番最初の別れ道。わたしはまだ、何本かに分かれている枝のどこに進めばいいかわからないでいる。だからその場から動けないで、迷ったまま同じ場所をうろうろしている。

わかっているんだ、自分でも、このままじゃいけないってこと。わたしだけがいつまでもその場に取り残されてしまう。

だけどわからない。やりたいこともなりたいものも、自分にできそうなことも、ひとつも思い浮かばないんだ。そんなのどこにもないんじゃないかと思ってしまう。わたしなんて、何にだってなれないような気がしている。

「……」

俯いていた頭にぽんと手が乗った。思いがけず優しかったそれになんだか鼻の奥がつーんとして、わたしは慌ててくちびるを噛んだ。

「お」

そのときつと、常葉が声を上げた。

「……何？」

「今日は繁盛だな。千世、しゃがめ」

「え？　うわあっ！」

急に頭を押さえられ、足が滑って落ちかけた。常葉に首根っこを掴まれながらどうにか体勢を立て直すと、夕暮れの鳥居をくぐってくる小さな人影に気づいた。見つからないように屋根の上からそっと顔だけ出して覗くと、小学生くらいの女の子が駆け足で参道をこちらへ向かってやってくる。

「お願いごとしに来たのかな」

「当然だ、うちは神社だぞ。それ以外何をするのだ」

「わかんないよ、イタズラとかしに来たのかも。お賽銭泥棒とか」

「そんな子どもには天罰を下してやる。宿題がやってもやっても終わらないの刑」

「怖っ！」

――からんとお賽銭箱に小銭が入る音がして、拍手を打つ音も聞こえた。どうやら女の子は真剣に参拝をしに来たようだ。

とそのとき、常葉がぎゅっとわたしの手を握った。それに驚いたのは一瞬だ、わたしが「何してんだ」と怒るよりも先に、声が、聞こえた。

『クロが早く、見つかりますように』

「え……？」

咄嗟にあたりを見回したが、隣には当然常葉しかいない。でも聞こえたのは女の子の声だった。ただし下から聞こえたわけではなく、すぐそばで囁(ささや)かれたみたいに頭の中に響いてきた。

「何今の。女の子の声がした。お、おばけじゃないよね」

「おばけじゃない。あの童(わらわ)の願う声を千世にも聞かせたのだ」

鳥居の下に、女の子のお母さんらしき人が立っている。屋根の下から出てきた女の子は、来たときと同じように走って参道を戻ると、お母さんと手を繋いで石段を下りていった。

「なるほど。どうやらあの童は猫を探しているらしい」

「猫？」

「ああ、こういう猫だ」

常葉が人差し指をわたしの額にそっとあてる。すると頭の中に映像が浮かんできた

――真っ黒な体だが、額のところだけ丸く白い模様がある猫だ。

「何この便利能力……今のが、あの子が探していた猫？」

「そうだ。覚えたか？」

「まあ、特徴のある猫だったから」

「よし」

常葉が笑った。途端に嫌な予感がして、わたしは今すぐにここから飛び降りたくなった。

「明日は土曜だ。学び舎は休みだな」

「いいえ、学生の本分は勉強であり、学ぶことに休日は一日たりともございません」

「願う声？」

「明日の休みを利用し猫を探してこい。あの童の願いは千世が叶えるのだ」

「無茶言うな！　知らない猫をどうやって探せって言うの」

「安心しろ、猫は今もこの町で生きている」

「そんな心配はしてない！」

「心強いな。気がかりははじめからないということか」

「全然話が噛み合わない！」

西の空に日が沈む。つるっとした天辺が、低い町並みの向こうに消える。むなしい叫びは無視されて、うな垂れている間に担がれる。

明日、何時に目覚ましかけよう。

そんなことを考えて、為す術もなく担がれながら、焼けた景色でわたしはまた、見苦しく空を飛んだ。

第三章　クロを探して

なんでこんなことをしているのだろう。

なんて、考え出すと頭がおかしくなりそうだから、もう何も考えないことにした。

土曜日。学校もないのにわたしは早朝に携帯のアラームで目を覚まして、朝から一匹の猫を探していた。まったく知らない人のまったく知らない猫だ。どこにいるかなんてまったく思いあたりもしないから、あてもなく、ひたすら町の中を彷徨っている。

「やーい。クロちゃん。どこだい？　怖くないから出ておいで」

公園に生えていた猫じゃらしを振りながら、道路脇の溝を覗いたり日あたりのいい空き地を渡り歩いた。模様に特徴のある猫だから道行く人に見かけなかったか訊ねてみたり、小学生をお菓子でつって一緒に探させてみたり。顔を突っ込んだ植木は数知れず、河原の土手の背の高い草の中を這いずり回り、止まっている車を見かければ地べたに腹ばいになって下を覗いて回った。

だけど、見つからない。野良猫やワイルドな飼い猫ちゃんならときどき見かける。どちらかといえばこの町は猫が多い場所だとも思う。しかしながら目的のクロは一向に姿を現さないのだ。

もう八方塞がりだ。というかそもそもあてもない中から猫一匹を探し出せっていうのがまずもって無理な話であって。わたしは探偵でも便利屋でも神様でもないのだから、そう簡単に見つけられるかっつうの。

「もう嫌だ！」

投げ出すのも当然のことだと思う。朝から探し続けてもうすでに数時間は経っているのだ。時計を見ればおやつどき、ちょうど三時になったところ。

わたしは人のいない小さな公園でひとりブランコに座っていた。土曜日なのに妙に静かだ。本当に、ひとっ子ひとりいやしない。キイ……キイ……と漕いだブランコの音と、ぐうぅと鳴るお腹の音が、寂しく且つ小気味悪く響くだけである。

「空、青いなあ……」

心も体も限界だった。服は泥だらけで、足は痛くて、腹の虫も鳴き止まない。もう一歩も動ける気がしなかった。体力的に疲れているのももちろんだが、何よりガラスのハートがこれ以上は耐えられそうにない。当てどもなく彷徨うだけの捜索。一向に見つからない捜し物。そして潰れる時間。ない利益。

「空、青い、なあ……」

目の前を、クロじゃない黒猫が横切っていく。一瞬こちらを見たけれど、人畜無害のカスとでも判断されたのだろうか、興味なさそうにシーソーの奥の植木の向こうに消えていった。

「……」

ああ、本当わたし、何してんだろ。花の女子高生だよ。土曜日だよ。遊びたい盛りだよ。みんな青春してるよ。なんでわたしは知らない猫を必死で探して、最終的にこんなところでひとりブランコ乗っているわけ。見つかるわけないでしょ。そんなの最初からわかりきってたことでしょ。あの女の子だって神頼みに来ていたわけで、こんななんの取り柄もない小娘に頼ろうなんてカケラも思っちゃいないんだよ。

人の願いを叶えるとか。はじめから無理に決まっているのに、なんでわたしがこんなこと。

「職務放棄か、怠け者め」

心臓が止まるかと思った。

いつの間にか隣のブランコに常葉がいたのだ。

綺麗なお顔の神様は、綺麗なお着物を風に揺らし、大人げなく颯爽とブランコを漕いでいる。

「さぼっていたらさぼり虫に尻を齧られるぞ」

「あんた、いつからいたの?」

「今来た。びっくりしたか?」

「したわ！　気配なく近づくの止めてよね！」

「はは。千世の驚いた顔はおかしかった。変な顔」

笑いながら、常葉はぐいぐいブランコを加速させる。そのまま飛んでいけばいいのに、と思いながら、年甲斐もない怪しい神様とは反対に、わたしは小さく謙虚に揺れるだけ。

「てか、別にさぼってないし。わたしこれでも朝からずっと探してたんだからね」

「知っている」

「知ってるならさぼってるとか言うな。頑張ったね、もういいよ、あとはボクに任せたまえ、アハハハハ！　って優しく言ってよ」

「やだ。あははははは」

「こんの野郎……って言うかさ、やだって言われたってわたしもう、これ以上は本当に無理だって」

　できることなんて限られているし、できることは十分やった。ここまでだけでも、褒(ほ)められてもいいくらいのことはしてきたと思う。

「駄目だ。この願いは千世が叶えるのだ」

「はあ？　だから無理だって言ってるじゃん。頑固だなあ」

「頑固なのはおまえのほうだ。決して無理ではない。大丈夫、千世にできることだ。なのにおまえが無理だと決めつけているだけだろう」

　一番高く上がったところで、常葉がブランコから飛んだ。そのまま無様に落ちてしまえばいい、というわたしの願いとは裏腹に、常葉はふわりと体を浮かせて、柔らかく、ゆっくり地面へ足を着けた。

「おれは社で待っている。いい結果を期待している」

「ちょっと、待ってよ！」

「だから社で待っていると言っているだろう」

「そういう意味の待ってよじゃない！　わたし、どうしたらいいのかわかんないんだってば」

　慌てて声を上げると、わたしのほうを向いた常葉がふうと小さく息を吐いた。

「仕方がない。根性なしのおまえに、優しいおれが神の七つ道具のひとつを授けてやろう」

　そして袖の中から「じゃーん」と何かを取り出しわたしに投げて寄越した。咄嗟に掴んだそれは小さな透明の袋で、中には、無数の干からびた小魚が入っていた。

「おーい、ふざけんな！　ただのニボシじゃん！　何が神の七つ道具だ！」

「失敬な。それにはおれのまじないがかけてある。ご利益あるぞ」

「はあ!?　ご利益って何？」

「では、おれは社へ戻る。せいぜい頑張れ」

「ちょっ……！　待てこら！」

　手を伸ばしても遅かった。麗しき神様は、笑顔で手を振るとすうっとその場から消えてしまった。わたしはニボシを片手に握り、誰もいなくなったそこをむなしく睨みつけるだけ。

「……」

ぽつんと公園にふたたびひとり。なんだか無性に大声を上げたくなる。心から泣きたいけれど、泣いている場合じゃない。だって泣いたってどうにもならないんだもの。誰も助けてくれやしない。自分でどうにかするしかない。

「もう、絶対あいつにおまんじゅう買ってやらない」

決意して、とりあえず、ニボシの袋を開けてみた。中身はどう見たって普通のニボシだ。おいしそうな匂いが漂って、なんだかごはんがほしくなる。

「これを餌にして捕まえろってことかなあ」

確かにニボシは猫のおやつというイメージがある。ただし、ニボシでおびき寄せられるわけじゃないだろう。これはあくまで見つけてから使うための道具であって、つまり結局は、まずクロちゃんを探し出さなければ意味はないわけだ。

「はあ……なんの役にも立たないじゃん、神様の七つ道具」

ため息交じりに独り言をぼそぼそ零していたときだ。にゃあ、と声がして振り向くと、なんの奇跡か猫が一匹、植木の向こうから現れた。ただ、残念ながら、クロちゃんとは明らかに違う茶色と白の三毛猫だ。

「なんだ、来てくれて悪いけど、わたしが探してるのはきみじゃないのよ」

でも心細かったひとりの場所へ来てくれたのは嬉しいので、お礼にニボシを三匹地面にまいてあげた。すると三毛猫はものすごい勢いで飛びついて、あっという間に平らげてしまった。

「す、すご。猫ってこんなにニボシ好きなの？　それとも相当腹ペコだったのかな」

ボリボリと齧っている様子をじっと見ていると、さらににゃあにゃあと別の鳴き声が聞こえてくる。見ると、三毛猫がやってきたのと同じほうから数匹の別の猫もやってきていた。ぶにゃあと低い声で鳴く彼らは、わたしを警戒するでもなく、むしろ舐めくさったような目つきで堂々とこちらへ近づいてくる。

「え、ちょ、きみらもニボシ食べに来たわけ？」
二、三歩あとずさりながらニボシをまくと、猫たちは狂ったようにそれを貪（むさぼ）った。その食べっぷりときたらちょっと怖くなるくらいだ。いや、ぶっちゃけちょっとどころじゃない。狂気に満ちた食べ方も、野良猫に囲まれている現状も、正直、かなり怖い。
「マンチカンの子猫に囲まれるならどんとこいなんだけどな……」

なんなんだろう。今、猫たちの間でニボシブームでも来てるのかな？

うん、たぶんそうだ。

だって、目を疑いたくなるほどに、どうしてか、どんどん、さらに、たくさん、猫が集まってきているのだから。

「……嘘でしょ」

十匹？　いや、もっとたくさんだ。静かだったこの公園のどこに潜んでいたのか、猫ちゃんたちが次々とわたし目がけて進撃してくる。彼らの目はまさに獲物を狩る肉食獣のそれだ。百獣の王と同じだ。当然獲物はわたし。そんな馬鹿な。

「ひ、ひぃぃぃ!!」

なんだこれ、何が起きている？

なんでわたし、猫に襲われている？

「ブニャアアア！」

ひときわでかい猫が、猫とは思えない声を上げるのと同時に、わたしはニボシの袋を投げ捨てて、ジャングルジムへ駆けのぼった。

「……」

さて、眼下には猫くんたちのサークルが。わたしが放り投げた袋から溢れたニボシを、数十匹の猫たちがひたすらに食い漁（あさ）っている。現在、尋常じゃないほどの数の猫が集まっていた。まるでこの世の終わりかと思うくらい恐ろしい光景だけれど、ニャゴニャゴ言っている彼らは、幸いなことにわたしには見向きもしていなかった。

「なんだあのニボシ……マタタビのエキスでも入ってたのかな」

よくわからないが、普通のニボシではなかったことは間違いない。どんな仕かけがあったのか少々気になるところだけれど、ひとまずそれは後回しだ。怖い思いまでしてあのニボシをばらまいたのは正解だった。これだけ猫が集まったのなら、この中にクロもいるかもしれない。

いや、間違いなく、クロはここにいる。

「……ほんっと役に立たないな、神の七つ道具」

いなかった。こんなにも猫がいるっていうのに、目的のクロはいなかった。

もうやだ。本当にやだ。神様のポンコツ七つ道具まで使い果たしてしまったわたしにはもうできることは何もない。家に帰りたい。むしろここから動きたくない。もうここに住もう。そうしよう。ジャングルジムの妖精になって、この猫たちを末永く見守っていこう。

そう決意しかけたとき、ふと、正気に戻った数匹の猫がのっそりとどこかへ行くのに気づいた。そこは最初の三毛猫がやってきた場所、そしてその前に見た黒猫が去っていった場所だった。シーソーの奥の植木の向こう側。

もしかして、だけど——もしかしてあの向こうに、猫たちの溜まり場的なものがあるのではなかろうか。この大勢の猫たちは、みんなそこからやって来たのでは……。

「今のうち、だよね」

まだ、ほとんどの猫はニボシに群がっていて、わたしがジャングルジムから下りても誰も気づきもしない。

帰っていく猫に付いて植木を抜けると、公園を囲むフェンスが一箇所壊れていて、穴の開いたそこをくぐっていけば、隣の古い空家の敷地に出た。長いこと使われていないらしい、かなり年期の入ったボロ屋だ。

見ると数匹の猫が庭や縁側でくつろいでいた。まるで今にも何かが出てきそうな怖い雰囲気の場所だけれど、猫たちにとってはとっておきの秘密基地のようだった。

「クロちゃん……いますか？」

恐る恐る庭を歩いてみる。伸びている猫や丸まっている猫、わたしを小うるさそうに睨んでいる猫。一匹ずつ確認していく。

が、やはり、クロちゃんはここでも見つからなかった。

「やっぱり駄目かあ」

そうそううまく運ぶものでもないらしい。わかってはいたけれど、正直かなりがっくりきた。

ため息を吐き、もう帰ろうと、入ってきたところへ戻って金網の穴の前に屈む。

だけど、そのときふいに何かが聞こえた気がして。本当に何を考えるでもなく、頭を下げたまま、振り返った。

「あ」

◇

すっかり夕暮れの空だった。建物も木も人も道も、オレンジ色に染められている。ある家の前で足を止め、門の外から覗いてみると、玄関の前で女の子が座っていた。女の子は、餌の入ったお皿を、少し悲しそうな顔をしながら見つめていた。

「ユイ、いつまでそこにいるの」

家の中からお母さんらしき人が出てきた。女の子がその声で顔を上げるのと同時に、お母さんがわたしに気づき、声を上げた。

「あら。何か、ご用ですか？」

「あ、あの、えっとですね」

ぼうっと突っ立っていたわたしに、お母さんは不審そうに首を傾げる。女の子もわたしを見ていた。わたしはぎこちなく笑みを浮かべて「えっと」と言葉を続ける。

「ここのおうちがクロちゃんを探してるって、聞きまして」

「クロ、見つけてくれたの!?」

　女の子が立ち上がってガシャンと門を掴む。

「クロ、どこ!?」

「あの……ここにはいなくて。見つけたんだけど、でも、わたしじゃちょっと連れてこられなくて。場所は、知ってるんですけど」

　引っかき傷のある手の甲を隠しながら言うと、女の子は「お母さん、行こう!」と門を開けた。

「ユイをそこに連れてって!　ユイが迎えに行く!」

「う、うん。そのつもりで来たから、もちろんだけど」

　ちらっとお母さんを見た。お母さんは少し困ったような顔をしながら、ユイちゃんを見て、それから「お願いします」とわたしに答えた。

　三人であの空き家へ向かった。その途中で、お母さんから、クロちゃんは飼い猫じゃないということを教えてもらった。

「クロはもともと野良なんですよ。野良にしてはお上品で、とっても綺麗な子ですけど」

　だけど、ほとんど毎日遊びに来て、ユイちゃんともとても仲よしだったそうだ。どうせならきちんとクロちゃんを飼うことにしようか、そう家族で話していたときに、ぱったりクロちゃんは姿を見せなくなった。

「迷惑だなあって、もしかしたらクロは思ったのかも。野良猫ですから、人に懐いて飼われるより、自由気ままに生きたいはずです」

ユイちゃんもそれをわかっている。だからこれをラストチャンスにするつもりなのだ。もう一度クロに会って、それでもクロが離れていったら、これきりでさよならにする。

「ちょっと寂しいですね」

「でも、クロが決めることですから」

お母さんがぽつりと言ったところで、「早く！」とユイちゃんの呼ぶ声が聞こえた。ユイちゃんは随分離れたところから手を振っている。わたしとお母さんは慌てて、小走りで小さな背中を追いかけた。

妙に気味の悪い雰囲気の空き家には、まだ猫が何匹も残っていた。

でも、昼間に群がられたときよりはずっと少ない数なのは、みんな夜が近づきお出かけしてしまったからかもしれない。猫たちは、突然現れたわたしたちを怪しげに遠くから観察していた。ただし、人に慣れた町中の野良猫たちは、イタズラさえしなければ（あと神様のニボシさえ持っていなければ）襲ってくることはない。

庭に入り、昼間に侵入したフェンスの壊れた部分を確認した。この場所の目の前の軒下、おそらくまだここに、ユイちゃんが願ったものがある。

「ユイちゃん」

手招きをすると、ユイちゃんは恐る恐るわたしの隣にやってきた。そして、わたしが指差した軒下を、しゃがみ込んで覗いた。

「……わああ！」

ユイちゃんが上げた大きな声に、わたしは「しっ」と人差し指をくちびるにあてる。ユイちゃんも慌てて両手で口を塞いだ。そのままで、もう一度、軒下を覗き込む。

「どうしたの？　クロいた？」

腰を屈めるお母さんに、ユイちゃんは無言のままで視線の先を指差した。そして首を傾げながらも同じように覗いたお母さんが「あら」と嬉しそうに声を上げた。

「クロ、お母さんになってたのね」

軒下で、わたしが見つけたときと同じようにそこにいたクロちゃん。その横には、クロちゃんによく似た真っ黒な体をした子猫が三匹、小さな鳴き声を上げていた。うごうごしている毛玉みたいな赤ちゃんは、歩いているような転がっているようなよくわからない動作で、クロちゃんのそばで遊んでいる。

「たぶん、クロちゃんは子猫を育てるために、ここを離れられなかったんだと思います」

昼間、わたしが覗いたときは、クロちゃんは毛を逆立てて威嚇して、最後には猫パンチを繰り出してきた。見知らぬ人間相手なうえに子育て中なのだから当然の対応ではあったけれど、もしユイちゃんのことも同じように警戒したらと、少し心配していたのだ。

けれど今、クロちゃんはわたしに向けたのとはまったく違う穏やかな顔で、じっとユイちゃんのことを見ている。

「クロ」

ユイちゃんが呼ぶと、クロちゃんは小さな声で鳴いて軒下からのそりと出てきた。明るくなった場所からユイちゃんを見上げたクロちゃんに、ユイちゃんがそっと手を伸ばす。するとその小さな手に、甘えるように、クロちゃんは真っ黒な体をすり寄せた。それは、お母さんになったのにまるで赤ちゃんみたいで、わたしはユイちゃんのお母さんと顔を見合わせて、同時に笑った。

「クロ、元気でよかった」

ぎゅっと、クロちゃんを抱きかかえるユイちゃんの姿に、嬉しいよりも何よりも、まずはとにかくほっとした。肩の荷が下り、体中の空気がぷしゅうと抜けていく。

悔しいけれど常葉の言うとおりだ。途中で挫けに挫けたし、本当に見つけられるとは思わなかったけれど、なんだかんだでわたしにもできた。とりあえずよかったと、今はそれだけを思う。

「おねえちゃん」

ユイちゃんに呼ばれて振り向くと、ユイちゃんはなんだか不思議な表情を浮かべて、少し探るような口ぶりでこう訊いた。

「おねえちゃん、もしかして神様？」

え、と声を詰まらせるわたしに、ユイちゃんは恥ずかしそうにもごもごしながら言葉を続ける。

「ユイね、神様にお願いしたんだ。全然クロが見つからなかったから、もう神様にお願いするしかないと思って、クロが見つかりますようにって。そしたらおねえちゃんが見つけてくれた。ねえ、おねえちゃんは神様なんでしょ」

喋りながら確信を持ったのか、ユイちゃんは思わず目を逸らしたくなるほどのきらきらした瞳でわたしを見上げた。ああこれが、いつの間にかわたしが失ってしまった純粋で綺麗な瞳か……。

「い、いや。わたしは断じて神様ではないんだけれど」

「違うの？」

ていると いうか」

「違、くもないというかなんというか。わたしはあの神社でちょっとした手伝いをしているというか」

「ほらやっぱり、そうだったんだ！　おねえちゃんは神様のお手伝いさんなんだね！」

すごい、とユイちゃんはわたしの「待って」も聞かずに大はしゃぎ。まいった、困った。がしかし、嘘ではないからまあいいかと開き直ることにした。大人ならともかく子ども相手ならわざわざ訂正することもないだろう。これで神社に人が来てくれれば常葉も喜ぶし、神様を信じるのは決して悪いことではない（そうしたら祟られることもないだろうし）。

にぃにぃと可愛らしい声が聞こえる。軒下からクロちゃんのお子様たちがてちてちとクロちゃんを追いかけて出てきていた。クロちゃんは、ユイちゃんの腕の中からぴょんと飛んで、足元の子猫たちを舐めた。ユイちゃんはそれをじっと見ていた。お母さんはそんなユイちゃんを、何も言わずに見守っていた。

クロと再会してからどうするか。それを決めることは他人には——神様にすら頼れない。これからのことはユイちゃんたちが考えることで、わたしの仕事はおしまいだ。

倒れそうなほどお腹も空いているし、そろそろ神社へ帰ろう。

沈んでいくオレンジのお日様を見上げながら、ぐうたら寝ている猫たちを踏まないように歩き出す。

しかし、

「ありがとう」

というユイちゃんの声に振り返った。きょとんとしていると、ユイちゃんはくしゃっと笑って、

「クロを見つけてくれてありがと、おねえちゃん。……じゃなくて、神様？　じゃないんだっけ、えっと」

「千世で、いいよ」

「ちせちゃん！」

と嬉しそうにわたしの名前を叫んで、それからまた「ありがとう」とぺこりとお辞儀をしてくれた。

正直、少し戸惑った。とても単純で簡単な言葉なのに、それを言われたことと、わたしに向けられた満面の笑顔に。そんな顔で感謝されるようなことをしたっけ。わたしにできたことはなんだったたっけ。疑問に思いながら、半分困りながら、でもそれ以上になんだか頬のあたりがむず痒くて。

「うん。どういたしまして」

下手くそに、笑い返してみせた。

「もう疲れた！　お腹減った！」

すっかり日が暮れた夜の入り口。常ノ葉神社に辿り着いた途端、わたしの体力は限界を迎え、お社にどさりと倒れ込んだ。随分遅くなったけれど、ぼんやり灯る明かりの下で、常葉はわたしを待っていた。

「ご苦労だった、千世」

「ご苦労どころじゃないよもう。しんどかったあ」

隣に座った常葉がわたしの前髪をそっと掻き分けた。指先が、ひんやり冷たくて心地いい。

「頑張った千世にご褒美があるぞ、喜べ」

「喜べって言ったって、どうせしょうもないものでしょ」

「三波屋のまんじゅうだ」

「嘘!?」

がばっと跳ね起きる。常葉の手には確かに三波屋のおまんじゅうがふたつある。

「どうしたのそれ」

「安乃が供えていったものだ。ひとつはおれのだが、ひとつは千世にやろう」

「やったあ！」

「元気出るか？」

「出る！」

おまんじゅうを受け取って、ふたりでむしゃむしゃと食べた。いつも以上においしい気がしたのは、たぶんものすごくお腹が空いていたせいだ。

食べ終わってから今日のことを常葉に話した。常葉はすでに何もかも知っていたふうだったけれど、わたしの話は黙って聞いていてくれた。

「結局ユイちゃんたち、クロちゃんをきちんと飼うことにするって。って言っても、なんかあったときに心配だから首輪をつけるくらいで、そんなに今までと変わんないみたいだけど。もちろん子猫たちも一緒にね。責任持って育てるって言ってた」

「そうか」

「大変だったけど、なんだかんだ願いを叶えられてよかったよ」

「ん、よくやった、千世」

常葉の手が頭を撫(な)でる。それが妙にこそばゆくて、わたしは少し俯いてしまう。

すっかり暗くなった遠くの町に、いろんな光が浮かんでいる。

「何か見つけたか、千世」

常葉が呟いた。なんのことだろうと考えたのは一瞬で、すぐに「んん」と苦笑いが出た。

「見つかるわけないよ、こんなことで夢なんて。神様のお仕事したっていうより、なんでも屋にでもなった気分だし」

「そうか」

「そうだよ。そもそもが無理な話なんだって」

わたしが言うと、常葉はどうしてか愉快そうに目を細める。

「何事も大事な経験だ。今の己に得ることはなかったとしても、今後の何かに響くこともある」

「そういうもんかな」

「そういうものもある」

ひとつ、息を吐く。足をぶらぶら揺らしながら今日を思い返す。はた迷惑な一日だった。わけのわからないことに必死になって、体中がへろへろになった。

でも、ひとつだけ、今日のことでほんの少し見つけられたものがあるとすれば。

——ありがとう。

そう言われたこと。ユイちゃんの笑った顔。

嬉しいと思うよりも驚いたのが先だった。それくらいわたしは、普段、心からあの言葉を言われることがなかったのだと気づいた。あのときは驚きすぎてどうにか笑顔をつくることで精一杯だったけれど、今思い出すと、今日一日の苦労も全部「まあいいか」と思えるくらいに、大きいひと言だったと思う。

本当に、些細なことだけど、わたしはとても嬉しかったんだろう。

「……まあ、わたしにはなんの利益もなかった今日だけど、たぶん、今日のことはずっと覚えていると思う。くだらない思い出として」

「そうか。いいことだ」

「うん。あと、わたし神様に間違われた」

「なんだと。千世ごときを神と？　信じられん」

「ごときとか言うな。でもまあ、悪い気はしなかったな」

常葉に怒りながらも、さっきのことを思い出してぷすすと笑った。もう二度とこんなことしたくないと本気で思ってはいるけれど、悪い一日ではなかったことも確かだ。きっとそのうち、何年か経てば、笑えちゃうような思い出になっているんだろう。たとえば、いつかこの神社の前を通るたびに思い出すような、些細でくだらない大事な思い出に。

「だが千世。あまりのんびりはしていられないぞ」

「ん、何が？」

「おれがおまえに与えてやれる時間だ。無限にあるわけではない」

首を傾げた。なんのことを言っているのかわからなかった。けれど、じっとどこかを見ている横顔を眺めていて、ハッと気づいた。

「まさかこの祟り、時限式とかじゃないよね!?」

そういえば何かが発動した気配も今のところないし。まさかとは思うけれど、わたしのおケツを叩くために余計な機能を付けているのではあるまいな！

「さあ、どうだかな」

こちらを向いた常葉が綺麗なお顔で意味深に微笑んだ。当然のようにわたしは頭を抱えて、目の前の神様を呪う方法を考える。だけど神様なんて呪えるはずもないし、そもそもわたしは根はいい子だから、本気で誰かを呪うなんてできない。

「だから言っているだろう。夢とは何かに、千世が気づくだけでいいのだ」

「それはわかってるんだけどさ」

言葉で言うほど簡単なことじゃない。他の人には楽にできても、わたしにとってそれは神様を呪うことより難しいのだ。

「だがまあ、今日は上々か」

常葉がふっと笑う。そして、わたしから視線を逸らし前を向くと、右手を自分の胸の前に掲げた。上を向いた常葉の手のひらにぼうっと淡い光が灯る。

「何それ。おばけ？」

「馬鹿を言うな。先日もおまえの願いを叶えるときに見せただろうが、忘れたのか。これは今日、おまえが願いを叶えた童の夢だ」

「ユイちゃんの？　クロを見つけてほしいってやつ？」

「違う。あの童はその願いの他に、もうひとつ夢を願っていった。それは千世が〝クロを見つけてほしい〟という願いを叶えたからこそ叶う夢だ」

常葉は立ち上がり、淡く丸い光に左手も添えた。

「ユイ、おまえの願い、聞き届けた」

そして大切そうにそれを空へ向ける。

「〝クロとずっと一緒にいられますように〟」

一瞬、眩しく景色が光った。閉じた目をふたたび開いたとき、淡い光がひとすじの線を描いてすうっと空へ飛んでいった。流れ星みたいなその光は、そのうち、夜空に溶けて見えなくなる。

「ユイちゃんの願い、消えちゃった」

「消えていない。あの願いはおれが確かに聞き届けた。天へ昇り、いつまでもユイのそばでユイのことを見守り続ける」

常葉が見上げている空を、わたしも同じように見上げてみた。夜の空にはすでに星が姿を見せて、ユイちゃんの夢と同じようにきらきらと優しく光っている。

「いつまでも」

「ああ、いつまでもだ」

「でもさ、クロとずっと一緒にって言っても、いつかは別れが来ちゃうでしょう。そういう意味ではユイちゃんの願いは本当に永遠に叶い続けるわけじゃないよ」

「そうだな。命ある生き物であれば、いずれは皆、別れのときが来る」

「そうしたらその夢も、やっぱり消えちゃうんじゃないの。願ったことは終わるんだから」

「消えはしない。言っただろう、いつまでもそばで見守っている」

「願いは終わっちゃっても?」

「願った夢は消えないからだ」

「ふうん……よくわかんない」

いまいち理解できず首を傾げたまま、でも問いかけるのはもう止めて、夜空の光の粒だけを見ていた。ちらちら瞬いているそれに、あの星はもしかしたらみんなの夢なのかな、なんて、柄にもなくロマンチックなことを考えた。

次のお仕事が入ったのはそれから数日後のことだ。
想像どおり暇なこの神社では参拝客は本当に少なくて、わたしは性悪神様の命令に

より一応毎日通ってはいるものの、神様のお仕事を手伝うことよりも、境内のお掃除をすることのほうがもっぱらの日課となっていた。

そしてその日もいつもどおり、わたしはひとり落ち葉をほうきで掃いていた。常葉はさっきからどこかに行っている。どこにいるのか知らないけれど、ときどきふいにいなくなるときがあるのだ。

前日の雨で随分落ちた葉っぱを集めていると、鳥居を誰かがくぐってくるのに気づいた。見たことのない中年のおじさんが、わたしのことなんて眼中に入っていない様子でお社の前までずんずんと進んでいく。

あ、人が来た！　と喜んだのは本当に一瞬だった。おじさんを眺めながらだんだんと顔が引きつってしまったのは、おじさんの形相があまりにも必死だったからである。

無駄に力強いおじさんの拍手の音が、ほうきを握り締めて突っ立っているわたしのところまで小気味よく響く。そんなにガチな感じで、一体どんな神頼みに……。

「ほう、久しぶりの参拝者じゃないか」

声がして振り返ると、常葉がすぐそばに立っていた。常葉は「さてあの男は何を願うか」と囁きながら、ユイちゃんのときみたいに、ぎゅっとわたしの手を握る。

『うちの店が、繁盛しますように。神様、どうか、どうかお願いします』

切実すぎて苦笑いすら浮かばない願いを、おじさんは何度も両手をすり合わせて唱えていた。そして、結局わたしには一切気づかないままで、来たときとは逆の重い足取りで鳥居をくぐって帰っていった。

握られた手が離れたところで、常葉を見上げる。

「常葉、いつの間に戻ってきてたの？」

「ずっといた。屋根の上で昼寝をしていた」

「ふうん。わたしが頑張ってお掃除してる間にねぇ」

「それよりも千世。喜べ。新たな仕事が入ったぞ」

常葉はわたしからほうきを奪い、ぽんと肩に手を置いた。

「掃除はおれに任せろ」

「いやいやいや、神様にお掃除とかさせられないんで」

「気にするな。千世は自分の仕事を頑張れ」

「お掃除がわたしの仕事なんで。常葉こそ自分の仕事頑張れ」

「今の願いを叶えるのは千世だぞ」

「荷が重い！」

何言ってんだこの神様。今のお願いはどう考えても神様が神様の力でもってやるべきお仕事だろ。おじさんの様子から見て明らかに切羽詰まっているお店の経営を立て直すなんてわたしにできるはずがない！

「大丈夫だ。おまえにならできる。おれは信じている」

「わたしの力を過信しすぎだよ！」

「いいからつべこべ言わず行ってこい。店の場所はここだぞ。わかったな」

聞く耳持たずで例の便利能力によりわたしに情報を伝えると、常葉はほうきを奪ったまままスッと消えてしまった。ぽつんと残されたわたしはひとり、痛むこめかみを押さえて歩き出す。なんだかんだ行動をはじめるわたしって、結構偉いなって、誰も褒めてくれないから自分で自分を褒めておいた。


おじさんのお店は商店街の一角にあるたこ焼き屋さんだ。正直なところ、わたしはよくこの道を通るけれど、こんなところにたこ焼き屋さんがあるなんて今はじめて知った。

お店は、よくあるような正面がカウンターになっているタイプで、食事をするスペースなどはないらしい。はじめてからまだ日は浅いのか建物自体は結構綺麗だ。この雰囲気なら悪くはない印象だと思うのだが、なぜだか妙に近寄りがたい気がするのはなぜなんだろう。

ご近所の人に調査してみたら、あそこは夫婦でやっている店とのことだ。ただ、表に出るのはほとんどが旦那さんのほうで（この旦那さんがおそらく神社に来たおじさんだ）、奥さんは買い出しやら店まわりの掃除やら、裏方の作業をやっていることが多いそうだ。ちなみに奥さんはここの元商店会長の娘であるらしく、このあたりの住人とは大抵顔見知りで仲よしなのだという。

こそっと遠目で覗いてみる。カウンターの中に立っているのは確かにさっきのおじさんだ。ぼうっとどこかを眺めつつ、ときどき手元を動かしているようにも見える……けれど、様子を窺（うかが）っている間、お客さんはひとりも来なかった。

「……」

おそらくこれ以上眺めていたところで何も収穫はないだろう。帰りたい気持ちを必死で押し殺して、意を決し、お店へと向かう。

「……すみません」

声をかけると、おじさんはハッとして一瞬固まってから「い、いらっしゃいませ」と上擦った声で返事をした。なるほどよほどお客さんが珍しいらしい。お店に近寄りがたいのは、たぶんこのおじさんの負のオーラのせいだ。

「あの、たこ焼き、ほしいんですけど」

カウンターにはメニュー表が置かれているけれど、たいしたことは書かれていない。何個入りが何円、とか、プラス五十円でトッピング増、とか。つまるところこの店で売っているのは一種類のたこ焼きのみというわけだ。値段は文句なし、むしろお手頃。

学生でも気軽に買える設定だった。

　とりあえず、六個入りをひとつ頼んでみた。その場で焼き立てを用意してくれるらしい。できあがるまでやけに時間がかかったのが気になったが、もちろん黙って（なるべくカウンター内を見ないようにして）待っていた。

　五分以上待ってようやく渡されたたこ焼き入りの箱を手に、商店街のそばにある公園に向かい、ベンチに座って早速食べてみることにした。蓋を開けるとほかほかの湯気が一気に立ちのぼり、踊るかつお節も出来立て感を増幅させている。若干かつお節が多すぎる気がするけれど、まあ見た目はまずまず……いや、なんかちょっと焦げて……うん、まあ許容範囲内かな。匂いは十分、食欲をそそるいい感じのが漂っている。

「なんだ、意外とおいしそうだ」

　どんなものだろうと覚悟していた分少し拍子抜けだった。よほどえげつないものだったならともかく、これならおじさんの負のオーラさえどうにかすれば売れそうな気がする。

　つまようじを刺し、熱々のたこ焼きをふうふうひいひい程よく冷まして、ぱくりと口に放り込んだ。

　なるほどまずかった。

　そもそもの材料が駄目なのか。焼き方が駄目なのか。両方駄目なのか。たこ焼きでここまでまずくできる理由がわからないほどまずかった。焼きすぎてパッサパサしている部分もあれば逆に生地がべちょべちょしていたり。中身のタコも大きさがまちまちだし、そもそもよく見ればたこ焼き本体も素人並みに形がいびつだ。おそらくこれを隠すための大量のかつお節とみた。つまりだ、あのお店にお客さんが来ない理由はおじさんの負のオーラだけではなく、それよりも単純で明白な理由もあったわけだ。

商品がおいしくない。

「これは、なかなかひどいなあ」

もったいない精神でどうにか全部食べきったわたしを誰か褒めてほしい。過酷だったが食べ物は粗末にできない。食べ物は悪くないのだ。悪いのはおじさんだ。そしてそんなおじさんには悪いけれど、わたしにできることはなさそうなので早々にこの件はリタイアしよう。そうしよう。

「千世」

「うおおう!!」

心臓飛び出るかと思った!

「な、何あんた!　いつからいたの」

「今だ。びっくりしたか?」

「したわ!　それ止めろって言ってんじゃん!」

いつの間にかベンチの隣に座っていた常葉がにいっと笑ってわたしを見ていた。なんだかこれデジャヴ。

「首尾はどうだ。うまくやれそうか？」

怒涛の勢いで鳴り響く心臓に手をあてていれば、その勢いとは正反対の穏やかな声で常葉が訊いてくる。

「まったくもって無理だよ、そもそもの商品がまずいんだもん」

「ならばそれをどうにかしたらいいということだろう」

「簡単に言うな。それができればおじさんだってわざわざ神頼みなんてしないって。常葉、今回はやっぱりわたしには荷が重すぎる。さすがにこれはどうしようもないよ」

しかし常葉は両手で耳をぱたぱたして「あああ聞こえないいい」と子どもみたいなことをする。こんの野郎！

「くそ、全部食べきりさえしなければ常葉にも食わせてやったのに」

「ははは、またの機会を待つとしよう」

「ねえ常葉、今回は何か七つ道具くれないの？　ほら、振りかけたらどんなものでもおいしくなるかつお節とか」

「そんなものあるわけないだろう。おまえ、おれを未来から来た便利ろぼっとだとでも思っているのか。おれはただの美形の神だぞ」

「神様だから言ってんじゃん……。ねえ、なんかないの？」

「ないものはない。では頑張れ千世。おれはいい結果しか聞かんぞ」

「あ、おい待て！」

と言ったところで自分勝手な神様が聞くはずもなく、常葉は現れたときと同じく突然にスッと消えてしまった。ため息が出る。下手すると涙まで出そうだ。でも泣くと余計にむなしいから絶対に泣かない。

「ああ、どうしたものやら」

頑張れと言われたって何をしたらいいかさっぱりわからないよ。そもそもわたしにできることがあるなんてとてもじゃないけど思えない。とりあえず、今日は一旦すべてを忘れて家に帰ろう。そうしよう。

と、心を無にして歩いていた帰り道、「あら」と声がして振り向いた。

「こんにちは」

「あ……こんにちは」

ぺこりと頭を下げた先にいたのは、前に神社で常葉と仲よく話していたおばあさんだ。確か、安乃さん、だったはず。

安乃さんの隣には同じように雰囲気の落ち着いた美人のマダムが立っていた。よく見ると、安乃さんと似通った顔立ちをしている。

「あらま、かわいい娘さんね。お母さん、お知り合いの方？」

「ええ、この間、常ノ葉さんでお会いして。えっと……」

「あ、七槻、千世と言います」

ぺこりと、もう一度深く頭を下げると、安乃さんとマダム（たぶん安乃さんの娘さんだ）に「千世さん、いいお名前」と声を揃えて言われたから、ちょっと照れ照れしながら、そういえば常葉にも同じことを言われたなと思い出す。

「千世さん、高校生さんかしら？　お若いのに常ノ葉さんへお参りなんて偉いのね。あそこに行く人なんて、うちの母くらいだと思っていたわ」

「あら、時々他の人も来るのよ」

「え、ええ、たまに来ます。でもわたし、お参りに行ってるんじゃなくて、今、あそこでちょっと手伝いをしていて……」

言うと、またふたりは「偉いわねえ」と声を揃えた。「町内会の何か？」とか「学校でボランティア？」とか訊かれたけれど、「いえ、決して偉くはないのです。神様に祟りというもので脅されているから通っているだけなのです」なんて本当のことは当然言えずに「えへへ」と笑ってごまかした。

「じゃあ、お母さん、わたし先に戻ってるわね」

マダムがすぐ脇にあった門をくぐっていった。見送りつつ見上げてみた立派な門構えの向こうには、厳かな古い木造の屋敷が建っている。

「……ご立派な、お宅で」

「古いだけですよ。昔から持っている土地だから、無駄に広いの」

嫌みな感じはひとつもなく安乃さんはそう答えて「よかったらお茶でもいかがですか？」と誘ってくれた。けれどこのお家にお邪魔するのは気が引けたので、

「お、お構いなく！」

と両手を振った。

「母が夕飯つくって待っているので」

「あらあら、それは早く帰らなければね。ではまたの機会に」

「あ、はい。ぜひ」

だらしなくにへらと笑うと、安乃さんはくすっと綺麗に目を細めた。柔らかな笑い方に、ほうっと少しだけ見惚れてしまった。前に会ったときも思ったけれど、なんだかとっても素敵な人だ。うちのばあちゃんなんかとは全然違う。わたしもいつか年を取ったら、こういうおばあさんになれるだろうか。

……いや駄目だ、その未来まったく想像できない。

「千世さん」

安乃さんに呼ばれ、慌てて「はい」と答えると、安乃さんはどうしてかしばらく無

言でわたしを見ていた。それは、どこか奥深くまで見通しているような視線だったものの、嫌な感じではなく、むしろとても優しいものに思えた。

「あの……」

恐る恐る呟くと、安乃さんは少しだけ笑みを深くする。

「千世さんがいてくだされば、賑やかでいいわね」

「へ？」

何を言っているのかわからなくて、素頓狂な声を出してしまった。

安乃さんはバッグからおまんじゅうを取り出してわたしの手に握らせる。常葉も好きな三波屋のおまんじゅうだ。

「年を取ったせいで、体が言うことを聞かなくなってね。近頃はなかなか行けなくなっちゃったんだけど」

「あ……」

常葉のいる神社のことか。安乃さんはずっと小さい頃からあそこに通っていると、常葉が言っていた。

「お手伝い頑張ってくださいね。おまんじゅうもよければ食べて」

「あ、はい。ありがとうございます」

「引き止めちゃってごめんなさい。気をつけて帰ってくださいね」

「はい」

ぺこりとお辞儀をすると、安乃さんは手を振ってくれた。わたしも振り返して、家までの道をまた進んだ。帰る途中でもらったおまんじゅうを食べた。いつもと変わらず、おいしかった。

第四章　夢のモト

解決策は何ひとつ浮かんでいない。しかしひとつだけ思いついたことがあった。目には目を、歯には歯を、食べ物には調理部を。ということでわたしは調理部の部活がない日を狙(ねら)って、紗弥を例のお店へと連れ出した。

「てかさあ」

学校帰り、商店街を突き進みつつ説明をしていたわたしに、紗弥が間延びした声で言う。

「あたしにできることがあるなら協力はするけど、そのお店ってなんなの？　千世の親戚の人のお店とか？」

「ううん、全然知らない人だよ」

「なんだそりゃ。じゃあなんで千世がそんなに頑張らなきゃいけないわけ」

「それは、ですね」

言い淀むわたしに紗弥は怪訝(けげん)そうに眉をひそめる。いやわかる、わかるよ。怪しいのもおかしいのもわたしが一番わかっているんだ。なんの関係もない見知らぬおじさんのお店を立て直したいだなんて正気の沙汰(さた)じゃない。どうかしている。わたしも自分で何やっているんだろうって思ってるよ。そもそもその理由も、他人様に全力で馬鹿にされるような理由でしかないし。いや、でも紗弥にはすでに一度、全力で馬鹿にされていたのだった。

「神様の、お仕事で、ね」

　ここはもう正直に行くべきだ、と本当のことを言ってみたら、案の定紗弥はきょとんとした顔をした。

「神様のお仕事って、千世が前に言ってた祟られたってやつの関係？」

「ま、まあ、そうなんだけど」

「えっと、千世、本当にやってるの？　マジで神様のお手伝いしてるわけ!?」

　そしてまたもや案の定、人目もはばからず大爆笑。わたしは無性に泣きたくなるけれど、ここは我慢だ。むしろ無心。

「てかそれって、神様のところでバイトしてるってこと？　あっは、何それ！」

「バイトじゃないよ、無償だし。だからボランティアね」

「ボランティアで神様の手伝い……千世最高だね！」

「わたしにとっては最悪なんだけど」

「まあまあ、うん、とりあえず理由はどうあれ千世が困ってるなら手伝うけど。ああ、でもおもしろい」

「ありがとう紗弥。いろいろ思うところはあるけど助かる」

　うん。笑われたって手伝ってもらえるのならそれでいい。それでいいと、思いたい。

「あ、そうそう。千世がこの間、その常ノ葉神社のこと話してたからあたしもちょっと気になって」

笑ったおかげで出た涙を拭いながら紗弥が言う。

「信じてなかったくせに……あのときも大笑いしたくせに」

「そりゃ笑うでしょ。でさ、うちのばあちゃんにちょっと聞いてみたの、常ノ葉神社のこと」

「紗弥のおばあちゃん?」

そういえば、紗弥は小さい頃におばあちゃんと一緒に何度か行ったことがあるって言っていたっけ。紗弥のお家は古くからこのあたりにあるらしくて、紗弥はもちろん紗弥のおばあちゃんまで生まれも育ちもこの町だそうだ。だから紗弥のお家の人はこの町のことをよく知っている。常葉はご近所に知り合いが多い、なんてことを言っていたから、もしかしたら紗弥や紗弥のおばあちゃんもどこかで常葉に会っていたりするのかもしれない。

「この辺って、昔は遊ぶところなんて今以上になかったからさ、ばあちゃん子どもの頃、よく常ノ葉神社に遊びに行ってたんだって」

「そうだったんだ。あの神社も古くからあるみたいだしね」

「うん。それでね、ばあちゃんが言ってたんだけど、常ノ葉神社で昔、お祭りをやってたらしいよ」

商店街の真ん中あたりに来たところで、ふいに紗弥が脇を見た。そこは細い裏路地へ繋がる小道がある。いつもわたしが神社へ行くために通る場所だ。

「お祭り？」

「そ、七夕祭り。短冊に願いごとを書いたり、屋台出したり」

脇の小道を今日は通り過ぎて、真っ直ぐ商店街を突き抜けていく。

「七夕って、もうすぐだよね」

「でもお祭りは、旧暦に合わせてたから、七月じゃなくて八月にやってたらしいよ」

「ふうん……でも、なんでなくなっちゃったんだろ」

わたしが前住んでいたところにも地元民だけが参加する小さな古いお祭りがあった。規模が規模だけにそう多く人は集まらなかったけれど、なんだかんだ細々と、いつまでも続いていた。

「ばあちゃんは、土地開発とかで随分人が入れ替わっちゃったからって言ってたよ。この土地って歴史自体は古くて、昔から住んでる人もたくさんいるけど、ここ数十年で開発されてきた場所でもあるから、ばあちゃんが子どもの頃に比べると結構町の印象は変わっちゃったみたい」

「そういえば、わたしの家のあたりも新しく開発されたところだもんね。この商店街も古く感じるけど、昔から住んでる人にはそうじゃないのかな」

「そうかもね。この商店街なんてあたしらが生まれるより前にできてるけど、ばあちゃんたちからしたらたぶん新しくできた場所なんだと思う。それに、千世の家の地区の開発に合わせて、東のこのあたりも再開発の話が進んでるらしいよ。本当はうちのある西の地区のほうが古いんだけど、昔ながらのお屋敷ばかりだから逆に手をつけられないみたい。それがいいのか悪いのか、あたしにはわかんないけど」

紗弥が道の真ん中に立つ古い石の像をこつんと叩く。石像の下には「記念碑」の文字と何十年も前の日付。この商店街ができたときの記念の像だ。わたしから見ればずっと昔のものだけれど、この町にとってはそうじゃないのかもしれない。変わってきた景色と人。

常葉は、ずっと見てきたのだろうか。長い間あの神社から、この町の風景を。

――時代の流れだ。もう人は、神などいなくても、自らの力で生きていけるようになった。

どんな気持ちで見てきたんだろう。変わっていくものを、変わらない場所から。

常葉はどんな気持ちで、ずっとひとりで見守ってきたんだろう。

「ねえ千世、あのお店じゃない？」

ふと紗弥が指差した。その先には、この間ひとりで立ち寄ったたこ焼き屋さんが今日もひっそりと建っている。お客さんは相変わらず見あたらない。

「いい、紗弥。死ぬほどまずいからちょっと覚悟してね。もしかしたら紗弥、ブチ切れるかもしれないけど」

「そんなに？　でもお店を繁盛させるにはそれをどうにかしないといけないんだよね」

「うん……できることがあるとは思えないけど」

「こら千世。神様の助手なんでしょう、そういう後ろ向きなこと言わないの」

紗弥が気合いを入れるようにわたしの背中を叩く。

「叶えてあげるんでしょ、願いごと」

「う、うん。そうなんだけど」

答えてはみるけれど、神様の助手と言ったって何か特別なことができるわけじゃない。神様である常葉から神様たる奇跡の力でも授かっていればよかったんだけど、生憎(あいにく)あの神様は不思議なニボシ以外は何ひとつわたしに授ける気がないらしかった。

つまり、ものすごく限られているのだ。神様の力どころか、人一倍優れた能力のないわたしにはできることっていうのが人並み以上に少なくて、おまけに何ができるのかさえ不鮮明なままでいる。

だけど、それでもできることをしなければいけなくて、できるだけ、できることをしたいと思っている。紗弥にもそのために来てもらった。自分に力がないわたしが、まずできることをやってみるため。誰かの神様への願いごとを叶えるために。

「よし、紗弥、頑張るぞ」

「その調子。さあ行くぞ」

オウ、と声を出し勇んでお店まで行けば、相変わらずお客さんのいないたこ焼き屋さんには、先日と同じくあのおじさんが立っていた。しかし今日は奥にもうひとり、この間は見かけなかったおばさんもいた。あの人が一緒に経営しているという奥さんだろうか。

「すみません、たこ焼き六個入りください」

声をかけたのは紗弥だ。だけどカウンターの奥のおじさんは、隣にいたわたしを見て目を丸くした。

「あれ、きみ、この間も来てくれたよね」

「え、あ、はい」

まさか覚えられていたとは。なるほどよほどお客さんが少なく、且つリピーターともなるとさらに貴重らしい。

やはりできあがるまでは数分待たされた。紗弥はその間できるだけカウンター内を覗いて、奥でたこ焼きを焼くおじさんの手元を観察している。

「ちょっと紗弥、そんなに見たらおじさんやりにくいんじゃないの」

「だってこういうところにもヒントあるかもでしょ。よく見ておかないと」

止めるのも聞かず紗弥はカウンターに身を乗り出してまで見ていた。やりすぎとは思ったもののもう止めなかったのは、そもそもおじさんが紗弥に覗かれているのに気づいていないようだったからだ。気にしていないわけでも集中しているわけでもなく、ただただ目の前のことだけに必死で他を見ている余裕がないのだ。しかも、それでもロクにうまくやれないでいる。

「こりゃ、難題だなあ」

紗弥がぼそりと呟いた。

そのとき、ちょんと肩をつつかれて振り返る。そこにいたのはさっきまでカウンター内にいた奥さんで、おじさんが必死になっている隙に外に出てきたようだった。

「ねえあなた、この間もうちに来てくれたって本当？」

奥さんは横目でちらとおじさんを見た。おじさんはいまだにたこ焼きと格闘中だ。

「はい。二、三日前に」

「でもうちの旦那のつくるもの、もう一度買いに来たいだなんて本当は思わなかったんじゃない？」

「ま、まあ」

はい、なんて言いにくい質問だが、否定することはどうしてもできない。

「なら、どうしてまた来てくれたの？」

「えっと……友達が料理好きなので、ちょっと一度ここの珍しい味を食べさせてみようと思って」

ちらっと紗弥を見る。珍しい味とは、我ながらうまいこと言ったものだ。

奥さんは、夢中でカウンター内を覗いている紗弥に目を向け、苦笑いした。

「もう本当に下手くそでね。お客さんに出せるようなものじゃないってどれだけ怒っても聞かなくて。案の定お客さんなんて来ないから、このお店、はじめたばかりだけどもう閉店が目に見えてて」

「はあ」

「だけどぎりぎりまでやるって聞かないの。根は気弱なくせに変なところで頑固なのよ」

奥さんは深いため息を吐きつつも、表情は本気で怒っているようには見えない。おじさんがどうしようもない人だとわかっていてもそれに付き合ってあげているのだから優しい人だ。これがうちの両親なら、とっくにお母さんはお父さんをぶん殴って無理やり店を閉めているはずだ。

「ねえ、また来てくれたお礼とお詫び、と言っちゃなんだけど、よかったらこれもお友達と食べて」

奥さんが、たこ焼きの箱をひとつくれた。まさかおじさんのたこ焼きをタダであげようというわけではあるまいな、と思ったが、恐る恐る中を開けて見れば、中身はたこ焼きではなく、たこ焼きと同じ大きさのベビーカステラのようなものだった。ふわりと漂う甘い香りに誘われて、紗弥がぬっとこちらに寄ってきた。

「うわあ、おいしそう！　これおばさんが？」

「暇なときに店のたこ焼き器を使ってつくったの。使わないともったいないでしょう。おばさん、一応調理師免許を持ってるから、旦那のと違って安心して食べていいよ。ただ、旦那が店のものは自分がやるって言って聞かないから、わたしの免許もここでは役に立ってないけどね」

　確かにそのとおり、奥さんのつくったものは、おじさんのと比べれば月とスッポンとも言えるほどの出来だった。ふわりと軽い生地にたっぷりとほどよい甘さのあんこが詰まっていて、悶絶（もんぜつ）するほどに美味なのだ。

「何これ！　紗弥、やばい、いくらでも食べられる！」

「本当だ、超おいしい。中のあんこも重くなくてちょうどいいね」

「あらあら、ありがとう。あんこは自家製なのよ」

「え、これもつくってるんですか？　専門店から仕入れたものだと思いました。三波屋のおまんじゅうのと同じくらいおいしい」

　これは冗談ではなく本気だ。おじさんのたこ焼きは、願いを叶えるという大仕事さえなければ絶対に二度と食べたくないけれど、奥さんのつくったこれはお金を払ってでもまた食べたい。

紗弥も、同じことを考えているだろう。むしろ紗弥はわたしよりもずっと真剣に味わっていくつも食べていた（わたしの分まで食べていた）。

そして、すべて食べ終わった頃、ようやく注文したたこ焼きが焼き上がり、わたしたちは公園に行ってそれを食べた。結果は同じだ。やはり紗弥もわたしと同意見、たこ焼きはクソまずく、どうしようもないという結論に至った。

「なんだろうね、焼きムラがあるし、たぶんそもそもの生地づくりも下手なんだと思う。たこ焼き舐めてるね。簡単だからこれなら自分でもできるとでも思ったのかな」

「でも、どうしよう。もっと辛くなる前に早くお店閉めろって説得するしかないかな。あの奥さんが路頭に迷うところは見たくないよ」

「いやいや千世、それじゃ願い叶えられてないじゃん」

「じゃあどうするのさ。わたしだって、叶えてあげたいと思うけど」

結果はどうあれ、あのおじさんが必死に頑張っているのは確かだ。そしてそれを隣で支えている奥さんのことも知ってしまった。

このままじゃ駄目だ、どうにか手伝いたい。

だけど、わたしに一体何ができるって言うんだ。

「……とにかく一度、作戦会議だな」

紗弥がベンチから立ち上がる。

「作戦会議？」

「うん。いろいろ案を出さないとね。楽しくなりそうだなあ」

「でも紗弥、考えがあるの？」

「あたり前じゃん。てかこんなの楽勝でしょ。最初はどうしようかと思ったけど」

「わたし今も思ってるけど」

「なんでよ。千世も食べたじゃん」

食べたから言っているんだけど。と首を傾げていれば、紗弥はぷすっと笑って鞄を背負い直した。

「とりあえず、明日の放課後に」

今日は調理部の部活がある日だ。それを知っていたから、放課後に、という紗弥との約束は部活が終わったあとだと思っていたのだが、なぜだか部活がはじまるのと同時にわたしは調理室に呼び出され、三角巾にエプロン姿の調理部員たちと共にテーブ

ルを囲んでいるのであった。

「さて今日の議題は、昨日メールで連絡したとおり、たこ焼き器を使ってつくるおやつについてです」

調理部は一年生から三年生までいるけれど、運動部と違い上下関係は厳しくなく、みんな仲よく和気あいあいとやっていると聞いた。だけど今の雰囲気は和気あいあいとは程遠く、空気はぴりぴりとしてみんな恐ろしく真剣な表情をしている。

司会進行役らしい紗弥がホワイトボードに議題を書き出すと、調理部員たちはほんのわずかしんとしたあと、一斉に口を開きはじめた。

「たこ焼き器なら……ベビーカステラみたいなのがポピュラーだとまず思ったけど」

「わたし家でソーセージ入れてアメリカンドッグつくったことあるよ」

「そのままたこ焼きにアレンジ加えるのもいいですよね。もちチーズとか」

「イタリアン風にするのは？」

「生地にポテトを使えないかな。ポテトチーズ食べたいなあ。お腹空いてきた」

「生地を工夫するなら米粉とかそば粉でつくるのもありかも」

「あんこを使うなら餡（あん）の種類も変えられますよね。それだけでバリエーション増えるし、生地もそれに合わせて……」

次々に出される案を、部外者のわたしはひとりぽかんと口を開けながら聞いていた。

紗弥は有能な書記官よろしくひとつたりとも漏らすことなくホワイトボードへ書き込んでいく。昨日のうちに内容は連絡してあったとのことだから、部員たちは事前に考えてきていたのだろう。ただし話し合いの中で出てきたアイディアも多くあるようだ。こういうのは、料理が苦手なわたしには到底思いもつかない。

そしてボードが片面いっぱいになったところで（ほとんど時間はかからなかった）紗弥はマジックのキャップを閉め、言った。

「じゃ、やってみよう！」

可愛いかけ声と共に一斉に各調理台へ散る調理部員たちを、わたしは当然あほ面のままで見送るしかない。しばらくしていい匂いがどこからともなく立ち込めてきたところでようやく我に返り、てきぱき調理をはじめる部員たちの邪魔にならないように、ティーバッグで全員分の紅茶を淹れるというお仕事を真剣にこなした。

そして、先ほど出たばかりの案が、いくつか形になってテーブルに並んだ。

それぞれのお皿に数種類の丸い食べ物が乗っている。見た目でなんとなく中身がわかるものもあれば、一体何が入っていてどんな味なのかまったく想像できないものもある。すべてが家庭用のたこ焼き器を使い実際につくったものだ。素人とは言えさすが料理自慢の調理部員たちの作品、どれもこれも、放課後の空きっ腹を集中攻撃してくるなんともおいしそうな品ばかりである。部員たちはそれを、またも和気あいあいとは言い難い武士の顔つきでひとつひとつ実食していく。

「あ、これおいしい。焼き方工夫したらたぶんもっとよくなるよ」

「こっちはイマイチかなあ。混ぜる具失敗したかも」

「ああこれイケるわ。他の中身でも食べてみたい」

「だったらたとえば……」

食べながらまた新しい案が出てくる。わたしはおいしいしか言えないのに調理部員は次から次へとアイディアを出し、よりいい形へと変えていく。おやつとして徹底したもの、食事としての要素も盛り込んだもの、シンプルなもの凝ったもの。色とりどりの自由な発想がおいしい匂いの上を飛び交っていく。

そして最終的にいくつかの案が残り、紗弥はそれをホワイトボードではなくメモ帳に書き出した。そのメモを、これまでタダ飯食い要員だったわたしに手渡し、スタイリッシュに三角巾を脱ぎ捨て言うのだった。

「さてあとは、千世の仕事だよ」

◇

空が焼けつつある時間、わたしは紗弥と一緒にふたたびあのお店を訪れた。おじさんだけでなく奥さんもいてくれたのはちょうどいい。

二度はともかくまさか三度も来るなんて夢にも思っていなかったのだろう、おじさんは弾けんばかりの笑顔でわたしたちを迎えてくれた。けれど、生憎今日はお客さんとして来たわけではない。

まず紗弥が「話を聞いてもらえますか」とはっきり言った。おじさんと奥さんがふたり揃って目を見合わせる。

胃が痛かった。こんなことは言いたくはない。だけど言わなければおじさんの願いは叶えられない。叶えなければいけないのだ。だから、わたしが言わなければいけない。

紗弥が背中を叩く。大丈夫、と目配せして、わたしはようやく腹を括った。

「おじさんの焼くたこ焼き、クソまずいです」

空気が固まったのは言うまでもない。ただしそれはおじさんの纏う空気だ。奥さんのほうは、あまりにストレートなわたしの感想を聞いても驚くことなく「あらあら」と呟くのみだった。

「わたしだけじゃなく友達が食べても同じ感想でした。たぶん、他の人が食べても」

おじさんの顔から血の気が引き、くちびるがわなわなと震えはじめる。だが、このお店を変えるためには、おじさんがどれだけ怒ろうが泣き喚こうが知ったことじゃない。こちらも心を鬼にすべきだ。

「ここ、立地はいいのにお客さんが全然来ないのは、単純に商品がお金を払ってまで食べたいものじゃないからです。正直こんなのお客さんに出すなんて信じられない。このままにしていても絶対にお客さんなんて来ないですよ」

「うんうん、食べられたもんじゃない」

紗弥もわざとひどい言い方で合いの手を入れる。

「おじさん、今のままじゃ駄目です。お店を繁盛させるためには、お客さんが来てくれるようなものを出さないと。一番いいのはおじさんがたこ焼きをつくる修行をもっとして、おいしいものをつくれるようになることだけど、それには時間がかかりそうだから、とにかく今はメニューを変えてみるべきだと思います」

カウンターから身を乗り出し、案外興味深げに聞いてくれている奥さんとは真逆に、おじさんは目がうつろになり、おまけにわずかによろける始末。だが、倒れる前にどうにか心を保たせたようで、おじさんは青白い顔のままでこれ見よがしなため息を吐いた。

「何言ってるんだ、きみね、さっきから勝手なことばかり言って。経営のことはね、きみたちみたいな高校生には関係ないし、わからないことだよ」

「わたしたちにすらわかるくらいまずいから売れないんですよ」

「あ、あのね……買いに来たわけじゃないなら帰ってくれないかな。営業妨害だよ」

「営業妨害って言ったって、お客さん他に来ないじゃないですか」

「それは、でも、時々……」

「おじさん、このままだったらお店が潰れちゃうんですよ！」

これにはさすがに言葉を詰まらせたようだ。おそらく、女子高生に好き勝手言われて腹が立つ気持ち以上に図星を突かれて戸惑っているに違いない。神頼みをするくらいなんだ、今の状況を誰より理解してピンチに思っているのは、おじさん自身なのだから。

「ねえ、おじさんは、おじさんのたこ焼きを売りたいんですか。今のままお店が潰れるまで頑固にまずいものを売り続けるのが願いなんですか。おじさんは、このお店が繁盛して続いていくことを一番に願っているんじゃないんですか！」

おじさんの必死な声を、わたしは聞いた。おじさんがそれを届けたかったのはわたしなんかじゃなく神様だったのかもしれないけれど、でもわたしは確かに、あの切実な願いを聞いたのだ。

そしてそれを、叶える手伝いをするために来た。

「ねえあなた。潮どきよ。彼女たちはいいきっかけをつくってくれたんじゃないかしら」

口を開いたのは奥さんのほうだった。わたしを睨んでいた目がゆっくりと奥さんのほうを向き、それから奥さんが微笑むのに合わせて、おじさんはくちびるを引き結んだ。

「もうわたしが何を言っても聞かないから、駄目になるまでやらせてあげようと思ったけど、ここまでよ。あなたが頑張る姿を見るのは好きだったけど、潔く諦めるのも大事だと思うの」

「おまえまで……そんなこと」

「ねえあなたたち、ありがとうね。こんなことを大人に向かって言うの、きっとすごく勇気が必要だったろうけれど、言ってくれて感謝してる。旦那が、下手なくせにどうしても店を出したいと言うから、うちの父の顔が利くこの商店街で店を出させてもらったんだけど、結果はこのとおり全然駄目。でもこれで、考えが甘かったんだってわたしたちもちゃんとわかったから」

奥さんがそう言ったのと同時に、隣のおじさんがぽろりと涙を零した。ぎょっとしたわたしに構わず、おじさんはおいおい泣きはじめる。

「だって、自分の店を持つことが夢だったんだ……。うち、実家が店をやってて、だから僕も自分の店を持ちたくて。知り合いがたこ焼き屋をやってたから、これなら僕にもできると思ってはじめたんだけど、甘かった。すごく奥が深いんだ。練習はたく

お手数ですが
切手をおはり
ください。

郵便はがき

104-0031

東京都中央区京橋1-3-1
八重洲口大栄ビル7階

スターツ出版(株)　書籍編集部
愛読者アンケート係

(フリガナ)
氏　名

住　所　〒

TEL　　携帯／PHS

E-Mailアドレス

年齢　　性別

職業
1. 学生(小・中・高・大学(院)・専門学校)　2. 会社員・公務員
3. 会社・団体役員　4.パート・アルバイト　5. 自営業
6. 自由業（　　）7. 主婦　8. 無職
9. その他（　　）

今後、小社から新刊等の各種ご案内やアンケートのお願いをお送りしてもよろしいですか？
1. はい　2. いいえ　3. すでに届いている

※お手数ですが裏面もご記入ください。

お客様の情報を統計調査データとして使用するために利用させていただきます。
また頂いた個人情報に弊社からのお知らせをお送りさせて頂く場合があります。
個人情報保護管理責任者：スターツ出版株式会社 販売部 部長
連絡先：TEL 03-6202-0311

愛読者カード

お買い上げいただき、ありがとうございました！
今後の編集の参考にさせていただきますので、
下記の設問にお答えいただければ幸いです。よろしくお願いいたします。

本書のタイトル（ **）**

ご購入の理由は？ 1. 内容に興味がある 2. タイトルにひかれた 3. カバー(装丁)が好き 4. 帯(表紙に巻いてある言葉)にひかれた 5. 本の巻末広告を見て 6. 小説サイト「野いちご」「Berry's Cafe」を見て 7. 知人からの口コミ 8. 雑誌・紹介記事をみて 9. 本でしか読めない番外編や追加エピソードがある 10. 著者のファンだから 11. あらすじを見て 12. その他

本書を読んだ感想は？ 1. とても満足 2. 満足 3. ふつう 4. 不満

本書の作品を小説サイト「野いちご」「Berry's Cafe」で読んだことがありますか？
1.「野いちご」で読んだ 2.「Berry's Cafe」で読んだ 3. 読んだことがない 4.「野いちご」「Berry's Cafe」を知らない

上の質問で、1または2と答えた人に質問です。「野いちご」「Berry's Cafe」で読んだことのある作品を、本でもご購入された理由は？ 1. また読み返したいから 2.いつでも読めるように手元においておきたいから 3. カバー(装丁)が良かったから 4. 著者のファンだから 5. その他（ ）

1カ月に何冊くらい小説を本で買いますか？ 1. 1～2冊買う 2. 3冊以上買う 3. 不定期で時々買う 4. 昔はよく買っていたが今はめったに買わない 5. 今回はじめて買った

本を選ぶときに参考にするものは？ 1. 友達からの口コミ 2. 書店で見て 3. ホームページ 4. 雑誌 5. テレビ 6. その他（ ）

スマホ、ケータイは持ってますか？
1. スマホを持っている 2. ガラケーを持っている 3. 持っていない

ご意見・ご感想をお聞かせください。

文庫化希望の作品があったら教えて下さい。

生活の中で、興味関心のあること、悩みごとなどあれば、教えてください。

いただいたご意見を本の帯または新聞・雑誌・インターネット等の広告に使用させていただいてもよろしいですか？ 1. よい 2. 匿名ならOK 3. 不可

ご協力、ありがとうございました！

さんしたんだけど、どうしてもうまくできなくて」

　感情が高ぶり声を上げるおじさんの背中を奥さんは優しくさすってあげている。しかしわたしはと言えば、大の男が号泣している姿に、申し訳ないがドン引きしてしまっていた。隣を見れば紗弥も同じくのようで口元が変に歪んでいる。けれど今は、引いている場合などではない。

「あの、すみません、なんかお店閉める方向で行ってそうですけど、わたしが言いたいのはそうではなく」

　冷静に流れを戻さねば。決めたはずだ、おじさんがどれほど泣き喚こうが、わたしの知ったことじゃない。

「言いましたよね、メニューを変えましょう。売れるメニューを出せばいいんです」

「……メニューって言ったって、そんなの、そう簡単には」

「昨日おばさんがくれたやつ、超おいしかった。あれを出せばいいんだよ」

　紗弥が「ね」と満面の笑みでわたしに問いかける。

「そう、そうです。あれなら絶対に売れます。もちろんおじさんじゃなく、奥さんがつくり手になってくださいね」

「まあ、わたしのを……でもあれは趣味でつくっていて、自分たちでおやつにするか知り合いの方にお裾分けするくらいしか」

「だから、それを商品にしましょう。きっとできるはずです。それから他にもレシピを考えて、いろんな商品を出してみたらいいんじゃないかなって」

「クレープみたいに甘いのがあったり、おかず系のものがあったりね」

お客さんに出すのであれば工夫は必要だ。ただ、奥さんには技術があるのだから、決して難しいことではないと思う。

「あたしたち、言うだけじゃ駄目だと思って、一応アイディアはいくつか出してきてるんだよね」

「あっそうなんです。これ……」

今日の調理部の成果が書かれたメモをポケットから取り出した。手渡すと、奥さんの目の色が変わる。

「少しでも参考になればいいんですけど。それ、うちの学校の調理部員たちが協力してくれたんです」

「あたしらも本気で考えたけどさ、たぶんこれにおばさんが一層工夫してくれれば結構おもしろいものができると思うんだよね」

「うん、なるほど……うちの器具を利用するのね」

「今あるものを活かせば、すぐにでもチャレンジできると思うんです」

「そうね……できなくはないかも。わたしも他に試したいレシピがあったたし。いろいろ考えてみれば……確かに、おもしろそう」

おそらく奥さんは、おじさんと違い根っからの料理人なのだ。好きなことだからアイディアも湧く、得意だからやり方もわかる。足りなかったのは一歩前に出る力だ。優しいから、常に自分から前に出ることをしなかった。けれど誰かが背中を押しさえすれば簡単に踏み出せるんだ。そのあとは自分の力だけでぐんと前に進んでいく。

「ここって、うちの学校だけじゃなく私学の子たちも通学路にしてるから、学生にウケるように工夫したらいいんじゃないかな？　見た目はコロコロしてて可愛いから、これで種類も豊富になるともうそれだけで食いつくと思うんだけど、あとはたとえば、歩きながら食べられるように持ちやすく容器の形を変えたり」

「それにお店の前にベンチでもあると嬉しいよね」

「……そうね、なるほど。うん、そういうのって大事ね。あなた、そのあたりは任せるわ。わたしはちょっと試しにいろいろつくってみるから」

「なんだよおまえ……本気でやる気か？」

泣き止んではいたものの見事にひとり置いていかれ呆けていたおじさんが、奥さんの袖を掴んだ。

「こんな子どもの口車に乗せられて、無駄なことをしてどうするんだ」

「ううん、無駄じゃないと思う。考えてみたら、案外いけるかも。やれないことはない気がする」

「でも子どもの言うことだろ。そううまく行くかな」

「あのね、今がこれだけ崖っぷちなんだから、やって失敗しようがやらずに終わろうが変わらないでしょ。だったらやれるだけのことをやらなくちゃ。あなたはどうなの。この子に訊かれたでしょう、このままお店を潰したいの？」

「う……そんなわけ」

「ないなら、この子たちが機会をくれたと思えばいいじゃない。わたしはやるわよ、あなたはどうなの？」

「や、やります！」

「いい、これがラストチャンスだからね！」

「は、はい！」

おじさんがふたたび泣きそうになるのに、紗弥とふたり苦笑いしながら「じゃああとは」と奥さんと向き合う。メニューに関しては奥さんとおじさんでなんとかするだろう、わたしたちが手伝えるのはここまでだ。ただ、お店のためにできることなら、わたしたちにもまだ大切な仕事が残っている。

「わたしたちも必殺技を使うので、そちらも新メニュー、お願いします」

「あら、必殺技って何？」

「お店の繁盛に一番手っ取り早くて有効な手段です」

わたしは紗弥と、顔を見合わせて頷く。

「女子高生の口コミって、すごいんですよ」

数日後。わたしは紗弥ともう一度、あのお店へ行ってみた。正直不安ではある。経営のなんたるかなんてもちろんわからないけれど、そう簡単に何かが変わるのなら世の大人は誰も苦労はしないだろう。

「ああ、なんか緊張するな。しばらく通らないようにしてたからなあ」

「なんで千世が緊張するの。大丈夫だって」

「むしろ紗弥はなんでそんなに余裕なの？　他人ごとだから？」

「ちょっと、あたしが薄情な奴みたいな言い方しないでよ。そうじゃなくってさ」

と、そこで紗弥が言葉を切り「あ」と先を見ながら呟く。つられてわたしも視線を向けて、それから同じく「あ」とだけ漏らした。

そこはつい数日前まで誰ひとり立ち寄ろうとしなかった場所だ。それが今は人だかりができ、賑わいの中心となっている。

「何あれ。すごい人いる！」

「だから言ったでしょ、大丈夫って」

「人が集まってること、紗弥知ってたの？」

「千世と見に来ようと思ってたからあえて通らないようにしてたけど、部活の子たちが結構話題にしてたから」

　あれからわたしと紗弥は、学校でわざとらしいくらいにあのお店のいい噂を流した。特に紗弥は調理部員たちに熱心に薦めてくれたらしい。その後は、わたしたちが頑張らなくても勝手に噂は広がっていった。食べ物に関しては誰よりも詳しい調理部員からの情報は、どんな宣伝よりも効果があり、あっという間に学校中に広まったのだ。

「それにしても、本当に成功するとはなあ」

「イチから立て直すんじゃ到底手に負えなかったけどね。あたしたちは、表に出てなかったいいものを引っ張り出しただけだから」

「実際、それでなんとかうまくいったしね。奥さんすごいなあ」

　隙間から見えるカウンターには、忙しそうに働くおじさんと奥さんがいた。遠くから眺めていたら、おじさんがわたしたちに気づき、ちょっと待ってて、みたいな仕草をしたあと、しばらくしてわたしたちのところにやってきた。

「きみたち、来てくれないかとずっと待ってたんだ！」

　はいコレ、とおじさんから手渡されたのは、手に持ちやすい縦長の紙パックに入った、甘い香りのする丸いお菓子。並んでいた他のお客さんたちもみんなこれを持っていて、食べ歩きしながら商店街を進んでいく。

「うまく商品にできたから出してみたんだよ。『ぷちころ焼き』って名前付けてみてさ。そしたらきみたちの言うとおり、学生さんたちに気に入ってもらえたみたいで」

「すごいですよね、びっくりしました。短期間で大繁盛じゃないですか」

「本当だよ！　きみたちのおかげだ、ありがとう！」

　おじさんは半分泣きそうな顔をしている。ちらっと横目で紗弥を見てみたら、紗弥は楽しげに笑っていた。

「いいんだよおじさん。だってあたしたち、おじさんの願いを叶えるために来たんだから」

「願い？」

「ちょ、紗弥！」

　おじさんが訝しげに眉を寄せる。が、それに構わず紗弥は、満面の笑みのままでわたしの肩をぽんぽんと叩いた。

「この子、神様の助手なので。願いを叶えることが仕事なんだよね」

「神様の、助手？」

探るような表情のままでおじさんがわたしを見た。ですよね、と、心の中でだけ呟く。

「だからね、おじさんの、お店を繁盛させたいっていう願いを叶えたんだよ。よかったね、叶って」

紗弥の弾んだ声が通りに響く。わたしは顔を引きつらせたままで何も言えなかった。視線が痛い。でも不思議かなこの視線は、紗弥にはまったく突き刺さっていないらしい。

よし、これはなるべく早く立ち去るのが吉だな。と思った途端、突然おじさんが「やっぱり!」と叫んだ。

……やっぱり?

「もしかしたらと思ってたんだよ。常ノ葉さんでしょう? だって、僕があそこにお参りに行った日に、きみが来てくれたんだもん」

「え、えっと」

そのとき、おじさんの瞳が、どうしてか、似ても似つかないユイちゃんのそれと重なった。気後れしてしまうくらいにきらきらした眩しい瞳だ。

「本当に、叶えてくれるなんて。ありがとう、これからも頑張るからね!」

「は、はい。応援してます」

「きみたちも、何かあったらいつでも言って。僕にできることはなんでもするよ」

「は、はあ」

完全に泣き顔になってぎゅうっと手を握るおじさんに、軽く引きつつも苦笑いを返す。紗弥はやっぱり笑っていて、おじさんはぼろぼろ泣いていて、遠くから奥さんの「あなた早く戻ってきなさい！」という怒鳴り声が聞こえていた。


「ん、すんごいおいしいね、これ」

紗弥とふたり、もらった『ぷちころ焼き』を食べながら歩いた。数種類の新メニューがあった中、わたしたちがもらったのははじめに奥さんからもらったのと同じ、ふわふわの生地に甘いあんこが詰まったものだった。相変わらずの美味だ。これだけおいしかったら今後もっと話題になるに違いない。あのお店がこれからも順調に行くかどうかはわからないけれど、そこはもう、神頼みじゃなく、自分たちの力でどうにかしていってくれるはず。と言うか、どうにかしていってもらわなければ。

「よかったね千世。お仕事ばっちり完了じゃん」

「うん。紗弥、本当にありがとう。紗弥のおかげだよ」

「どういたしまして。まあ、あたしにとってもいい経験だったしね」

紗弥はもうひとつぱくりと口に放り込んで、むぎゅむぎゅと頬を膨らました。

「こういうことだなって、思い出したし」

「ん、何が？」

「おじさんに、ありがとうって言われたこととか。おばさんが楽しそうに売ってるとことか。お店のもの買ってる子たちの表情とか見ててさ、あたしがパティシエ目指したのもこういう理由があったんだって」

紗弥がちょっと照れ臭そうにへらっと笑う。

「お菓子つくったり、食べたりするのが好きっていうのも当然だけど。一番の理由はさ、たぶん、あたしがお菓子つくると、みんなが喜んで笑ってくれるのが嬉しかったからなんだよね」

「うん」

「いつまでもみんなに笑ってもらえる人でありたいって思ったの。きっと、ずっとお菓子をつくっていたいっていうのよりも先に、もっとみんなに喜んでもらいたいっていうのが、夢のモトみたいに、あたしの夢の根底にあるんだろうな」

紗弥が、なんとはなしに上を向くから、わたしもつられて空を見た。そうしながら、常葉と一緒に見た、大きな楠を思い出した。太い幹からたくさん分かれたいくつもの枝。人の歩く道も同じように少しずつ枝分かれをしていて、それぞれの自分だけの道に進んでいく。紗弥が、きっと幹から近い枝分かれで目印にした、小さな理由。

紗弥と別れてから駆け足で神社に向かった。いつもと違う道から路地裏に入って、人のいない細いそこを道なりに真っ直ぐ進んでいく。石段は、一段飛ばしで駆けのぼる。見上げた真っ赤な鳥居の向こうには見慣れたお社が待っている。

「常葉、聞いてよ！」

参道の真ん中は神様の通り道だから通ってはいけないと聞いている。でもそんなのは無視して、ど真ん中を声を上げながら走っていく。

けれど神社に常葉の姿は見えなかった。大抵いつもお社に腰かけてのんびりしているのに、見あたらないし、呼んでも出てこない。

「あれ？　出かけてるのかなあ」

境内はしんと静かだった。カツンと、わたしのローファーが参道を蹴る音が響くだけ。

とりあえず座って待っていることにした。常葉がふらっと消えることは多いから、きっと少しもすれば帰ってくるだろう。そう思って、お社に近づいたら、ちょうどお賽銭箱で見えなかった場所に常葉が寝ているのに気づいた。

あ、いるじゃん。と思ったのと同時に。

「わっ！」

びくっと驚きあとずさり、その拍子に自分の足に躓いて尻もちをついて転げた。わたしが悶えて呻いている間に、常葉が「やかましいな……」と呟いて目を覚ました。

「ん？　なんだ、千世か。何をしているんだおまえ」

強打したお尻を撫でるわたしに呆れたような目を向けつつ、常葉はまだ眠そうな顔で銀色の髪を掻き上げた。見上げた姿はいつもどおりの常葉だ。

「なんだじゃないよもう」

はああ、と息を吐く。

スカートの砂を払うとお尻がズキズキ痛んだ。青あざでもできていそうだ。最悪、この歳でモウコハン復活とか。

「常葉のせいだからね。常葉のせいでびっくりして転んだんだから」

「おれが何をした。千世がまぬけで尻が重いのをおれのせいにするな」

「うるさい！　まったくもう。常葉が、なんか透けてたから驚いたんだってば」

転んだ拍子に投げ飛ばした鞄を拾ってお賽銭箱に立てかけ、体を起こした常葉の隣に腰かける。

「透けていた？」

「そうだよ。あんたの体の向こうに下の木目が透けてるんだもん。そりゃびっくりもするって。くっきりするか一切見えないかどっちかにしてよね」

常葉が消えたりできることは知っているけれど、それでもその不思議現象にわたしが慣れているわけではない。急に透けたりなんかされたら、心臓が止まりそうになる。

「本当、勘弁してよ」

「ん……そうか」

常葉は少しだけ黙ったあと、呟くように言った。

「すまない。油断すると透けるのだ」

「そうなの？　わたし一瞬おばけかと思っちゃったよ」

「失敬な。人の霊魂などと同じにするな」

「てかさ、おばけって本当にいるの？」

「さあ、どうだかな」

常葉はそう言って、ひとつ大きなあくびをした。

「で、仕事はどうだ？」

たぶん常葉はわたしがその報告をしに来たことをわかっているんだろう。それから、きっと結果ももうわかっているのだろうけれど、訊いてくるからわたしも右手でピースをつくる。

「大成功。お店、すっごいお客さん来てたんだよ。だからたぶん、もう大丈夫」

「そうか、よかったな。またひとつ願いが叶えられた」

「うん、よかった」

今日のおじさんの表情は、最初に会ったときとまったく違っていた。商品の問題は解決したたし、ついでに負のオーラもなくなれば、多くのことがもっとずっと変わっていくと思う。さすがに本物の神様じゃないわたしには今後もお店を見守るなんて無理だけど、きっともう神頼みをしなくても、おじさんのお店は大丈夫だろう。

「ぶっちゃけ、わたしちょっとあのおじさんのこと苦手だったけどね」

「そうなのか。おれはあの男は好きだぞ」

「え、どこが!? 常葉ってそういう趣味?」

「そういう趣味がどういう趣味かは知らんが、あの男は確かな夢を持っていたからな」

常葉が右手を前に出した。上に向けた手のひらの上に、ぼうっと淡く浮かぶ光。

おじさんの願い。

「自分の店を持ちたいと。自分のつくるもので、多くの人に笑顔を与えたいという揺るぎない夢だ」

「笑顔……」

紗弥と同じだ。あのおじさんは、紗弥と同じ夢を持っていたんだ。まわりの人たちに笑ってほしいという、大きな自分の夢の土台にある、小さな芽のような夢のモト。

「そんなふうに思ってたんだ」

「まあ、いい伴侶を選んだことが、運がよかったと言うほかないが」

「そうだね。おじさんのたこ焼きじゃちょっと笑顔にはなれなかったから」

あのまずい味を思い出して苦笑いをする。

「常葉にも食べさせたかったな」

「結構だ。おれはうまいものしか食わん。うまくて甘いものであれば最高だ」

「甘いものばっかり食べてたら糖尿になるよ。現代病だよ。生活習慣病」

「せいかつしゅうかんびょー」

「そのとおり」

常葉がちょっとだけ笑った。気に入ったのかもう一度「せいかつしゅうかんびょー」と何かの呪文みたいに呟いて、ゆっくりと、立ち上がる。左手も添えた手のひらの中には、ふよふよ浮かんだおじさんの夢。

「さあ千世。覚えていろよ。おまえはまたひとつ知ったのだ。努力だけではどうにもならないものがある。その一方で、かすかな可能性さえ見えなかったようなものが、些細なきっかけで大きく道開くこともある。まずは行かなければわからない。道は途切れているのか、続いているか。あの男は、歩みを止めず進み続けた。そうして道を見つけたのだ」

これからはもう大丈夫だ。常葉が、何かに向かって言った。

「あの男は確かに、自らの夢を叶えていくだろう」

常葉が立ち上がって、ユイちゃんのときみたいに、淡い光になったおじさんの願いを空に送った。

「千世、行き詰まっても構わない。行かなければ、詰まりもできない」

まだ明るいのに、流れ星みたいになって、その光は空の中へと溶けていった。

例年よりも早くはじまった梅雨は、例年よりも早く終わった。ニュース番組で梅雨明けを告げるより少し前からカラカラしはじめた空は、今日も今日とてどこまでも爽やかに青く晴れ渡っている。梅雨は明けてもじめっとした感じは変わらない。蒸し暑い。これから、本格的な夏がやってくる。

「千世、起きてるの？」

部屋のカーテンを開けていたところで、一階からお母さんの声がした。

「起きてるよ」

厳密に言えば今起きたところだ。

「お布団干すから下ろしてきて」

「ええ、めんど臭いなあ」

「持ってこなきゃ千世のだけ干さないからね」

うっ、と声を詰まらせた。前回のお布団干し日和の日、お母さんのこの言葉を無視したせいでわたしのだけ干してもらえなかったのだ。起き抜けにこの労働はきつかったが、文句は呑み込み敷き布団を運んだ。暑い今の時期は掛け布団を使っていないのが救いだ。布団一枚とタオルケットだけ持っていけばいい。

ひいひい言いながら階段を下りて、リビングの向こうの掃き出し窓のところに布団を置いた。庭では、お母さんが自分のとお父さんの分の布団をもう干している。

「よいしょ！　ああ疲れた」

「はいごくろうさま。朝ごはんそこにあるから食べなさい」

「フレンチトーストだ！」

朝ごはんの置かれたテーブル。わたしが腰かけた席の斜め前にはすでにお父さんが座っていた。休日の今日はいつも以上に緩んだ顔をして、新聞を読みながら無精ひげが生えたあごをぼりぼりとだらしなく掻いている。

「大和くんとこ順調みたいだなあ」

フレンチトーストを齧りながら、ぎりぎり見える新聞のテレビ欄を覗いていたら、お父さんがぼそりと呟いた。

「何が？」

「地方大会だよ。ほらほら」

テーブルの上に広げられた新聞は、県内の情報が書かれた地域版のページが開かれている。今の時期にはこの間からはじまった甲子園の地方大会の情報も載っていた。

「今年も行けるんじゃないか、甲子園」

「わかんないよ。大変なのはこれからじゃん」

うちの学校の弱小野球部は期待を裏切らず一回戦で負けたと聞いたが、私立の強豪校である大和の学校は、今のところ下馬評どおり勝ち進んでいるらしい。

「そんなにぺろっと簡単に行けるならみんな苦労しないって」

「まあ、今年はこの地域、どこも結構強いらしいからなあ。でも大和くんなら大丈夫だろ。ただ予選ずっと投げてるから心配だなあ」

「心配って、何が？」

「高校野球は多いんだよ、投げすぎてピッチャーが故障しちゃうの。強いチームだと、エースは予選から甲子園までずっと投げ続けなきゃいけないだろ」

「ああ、なるほど。大和のところも大和がずっと投げるみたいだからね」

「大和くんは昔から怪我(けが)には十分気をつけてたから、大丈夫だとは思うけどなあ」

「ねえそういえば千世、今回も甲子園に見に行くの？」

わたしの布団を干していたお母さんが、庭からひょこりと顔を出した。

「大和のとこが行けたらね」

「今年はお母さんも行こうかな」

「パパも行く」

「なんか紗弥も同じようなこと言ってたなあ」

去年はひとりで行って、大和のところの家族と球場で待ち合わせて観たっけ。今年も行くことになったら、なんだか賑やかになりそうだ。

「しかし大和くんはすごいよな。もうプロ球団も注目してるらしいぞ」

「へえ、そうなんだ」

「今のうちにサインもらっておかないとな」

「大和のサインなんてもらってどうすんの」

幼なじみの名前なんて飾ったって馬鹿みたいなだけだ。ありがたみも何もない。

「千世もさ、見習いなさいよ」

朝から忙しそうなお母さんは、布団を干したあともまだパタパタとリビングを駆け回っていた。わたしはミルクティーをずっと飲みながら、背中でお母さんの声を聞く。

「ほら、大和くんは将来のこと考えてすごく頑張ってるじゃない。千世もさ、そろそろ真面目に頑張らなきゃ。お友達とそういう話しないの？」

「……するけど」

「いつまでも適当にじゃ駄目なのよ。自分で先のことを考えていかないと」

「わかってるよ」

答えても、まだお母さんはぐちぐち何かを言っていたから、聞こえていない振りをしてフレンチトーストを齧った。

だって、わかっている。そんなこと、お母さんに言われるまでもなく、わたしが一番わかっているんだ。きちんと将来を考えなければいけない。大人になっていかなければいけないし、みんなと同じように、でもみんなとは違う場所へ進まなければいけない。いつまでも同じ場所にはいられないのだから。

「ごちそうさま」

「お、早いな」

「用事があるから」

「用事？　デ、デートじゃないだろうな！」

「そんなわけないじゃん。地域のためのボランティア活動」

「そ、そうか、偉いな……パパ、彼氏は大和くん以外認めないからな」

「はあ？　何それ」

空のお皿をシンクに置いて、急いで支度をして家を出た。眩しいくらいに晴れた陽気は、昨日までよりずっと暑くて、日焼け止めを塗り忘れてきたことを全力で後悔した。

第五章　向日葵（ひまわり）の向くほう

夏は好きだ。なぜならば夏休みがあるから。だけど暑いのは大嫌いだ。アイスがあれば少しだけマシになるけれど。

だから夏休み前の暑いだけのこの時期は正直言ってただの地獄であり、期末テストが昨日で終わったことだけがぎりぎり救いであり、しかしこれ以上暑くなるとか意味がわからないのであり、やっと梅雨が明けたのにいまだにじめじめムシムシしているのが信じられないのである。

「千世。手水舎の掃除をしてこい。水盤が汚れている」

ああ、なんでこんなに太陽って近いのだろう。一回沈んでほしい。冷静になってほしい。クーラーががんがんに効いた部屋でかき氷食ってテレビ見て寝たい。

「千世。雑草が生えている。見栄えが悪いから抜いておけ」

あと蝉(せみ)鳴き止んでほしい。うるさい。命短いからとか知らないし。土の中で長く生きているって聞いたし。そのうえ十年以上潜んでいるやつもいるそうじゃない。ジャンガリアンハムスターより長生きだ！

「おい千世」

「うるさああああい！」

びくっと常葉の肩が揺れ、描いたような切れ長の瞳がまん丸く見開かれる。

「ど、どうした千世。大声は驚くから駄目だ」

「うるさい！　こうやってじっとしてるだけでも暑いのに、アレやれコレやれってできるわけないだろ！」

「しかし……千世の務めだろ」

「別にわたしだけがやらなきゃいけないことじゃないでしょ。そもそもここは常葉の家なんだから、たまには自分でやれ！」

「な、何……!?」

「前に掃除は任せろって言ったくせに、結局自分はぐうたらしてばっかりじゃん！　今日はわたしも動かない。こんなに暑いのに動けるか！」

どすんと寝転がる。たったそれだけの動作なのに体が一気に熱くなる。

「ああ……叫んだらまた汗出た」

お社の屋根の下は日なたよりも少しだけマシだけど、あくまでほんの少しであって、やっぱり暑いものは暑い。おまけにお社のまわりは木が多いから蝉も多く、四方八方から響く大合唱にノイローゼにでもなりそうだ。きっと、これからもっと増えてくる。

「……怒鳴らなくてもいいだろうが」

横からぽつりと声がした。見ると、常葉が体育座りで膝を抱えて顔を埋めていた。

「そんなに嫌なら来なければいいジャン……」

「毎日来いって言ったのは常葉でしょ」

「別に嫌々来てほしくはない……」

「ここに来るのは嫌じゃないよ。暑いのが嫌なだけ」

言うと、常葉はちょっとだけ顔をずらしてちらりとわたしを見た。

「本当か？」

うわ、こいつめんどくせ。と思ったことは、顔には出たけれどぎりぎり声には出なかった。「ほんとほんと」と適当に答えながら、わたしはもう一度体を起こす。

読んでいた本のページを捲る。今日ここに来る前に図書館に寄って借りてきた郷土資料だ。本当なら、涼しく静かで快適な図書館で読んできたかったのだが、神社に通わないと常葉の祟りが爆発するかもしれないのでしぶしぶここで読んでいる。

いくつもある書籍の中から自分で選ぶのは難しかったから、司書さんに聞いて借りてきた。この常ノ葉神社について書かれている文献だ。前に、紗弥と少しだけこの神社のことについて――この神社でかつて行われていたお祭りについて話をしてから気になっていたのだ。わたしの知らないこの神社の歴史について。

常ノ葉神社の歴史は古く、西暦九六八年――康保五年、時は冷泉天皇の時代、保存されていた資料によるとこの年に社が創建されており、千年以上の歴史がある、由緒正しき神社であるらしい。もともとは晴雨の祈願を叶える神であったようで、「常ノ葉」という名前は〝緑の葉が変わらず繁る〟という意味があり大地が豊かであることを表しているのだとか。なるほどだから最初の日、わたしの雨を止ませろだなんて無茶振りにも簡単に応えてみせたのだな。

「常葉ってお天気を操る神様だったんだ」

「いや別に。そんな何かに特化しているわけではないよ」

「え、そうなの？」

「だがかつては勝手に人に天候関係専門だと思われていたな。まあ天の事象については力の弱い神には聞き届けられなかったから、嫌でもおれの仕事になってしまっていたというだけで」

「……神様界にもいろいろあるんだね」

まあいいや。でも「かつて」と常葉が言ったとおり、お天気専門の神様をしていたのは大昔の話らしい。一説によればお参りに来た直後に大きな戦で武功を立てた者がいたとか、はたまた芸事の上達を祈願してみたらとある貴人に認められた者がいたとか、嘘かまことかとにもかくにも「願いが叶ったよ」という噂が広まって、やがてここはあらゆる願いを――特に自分がこうありたいと強く望む事柄を――祈るための場所になっていったのだそうだ。

「なんか適当だなあ」

「まあそんなものだろう。おれは気にしていないし、大体が神の特性にしても神社での決まりごとにしてもほとんど人が勝手に考えたことばかりだからなあ。むしろもっと緩くていいのに。別に祟らないから」

「ふうん。祟らないからって部分はあんまり信用できないけど」

そんなふうにこの土地の人や旅人たちの願いを聞いてきたこの神社で、夏に祭りを行うようになった起源は、常葉がまだお天気の神様と思われていた頃に遡る。その年は他に類を見ない空梅雨で、雨の降らないまま夏になり、夏になっても日照り続きでこの土地の人はそりゃもう困り果てていたそうだ。昔の人は今よりずっと「困ったときの神頼み」を選択するのが早かった——常ノ葉神社で降雨を祈る儀式をしたのだ。そうしたら雨が降り出したから民衆たちは大喜び。それから毎年同じ時期に儀式をするようになり、常ノ葉神社での夏祭りのはじまりとなった。

夏祭りが〝七夕祭り〟となったのは江戸時代。江戸から、短冊に願いごとを書いて飾るという我々もよく知るスタイルが伝わり、常ノ葉神社の御利益にも合っているということで七夕祭りが行われるようになったのだ。

長く続いていたその祭りが、でも今はなくなってしまったのは、紗弥が言っていた土地開発の他に、昔の干ばつとは真逆の水害も理由になっていた。昭和の後半まで祭りは行われていたらしいけれど、その頃にちょうど商店街建設も含めた土地の開発が行われ、外から大勢の人がこの町にやってきていた。と同時に運悪く、強い台風がやってきたせいでひどい水害にも見舞われたのだ。

奇跡的に死者は出なかったものの、町の被害は小さくなく、その年に予定していた祭りを行うことができなかった。そして復興と開発に忙しい人々は「お祭りなんてやっている場合じゃない」とその次の年も次の次の年も祭りを再開することはなく、やがて祭りそのものが忘れ去られていったのだった。

という少し寂しいお話が、この神社で行われていた七夕祭りの今に至るまでの成り行きらしい。

「薄情だな！　地元の大切なお祭りなのに、こんなに蔑ろにするもん？　町の様子が落ち着いてからもう一度やろうって人はいなかったの？」

本をばたむと閉じた。読んでいれば、この神社がどれだけ人に愛されてきたかがわかるのに、なんともあっけなくその愛情を手放してしまっている。

「その頃には地元民ではない者も多くなったからな。仕方ないだろう」

「常葉がそんなにゆるゆるだからむざむざ忘れられるんだってば！　神への感謝を忘れた奴には天罰下すぞ、くらいの心持ちでいないと」

「そうしたらまず千世に天罰が下ることになるぞ」

「こんなに誠心誠意尽くしているのに！」

ぷんすかするわたしとは真逆に常葉はふわりと笑っている。そしておもむろに人差し指を伸ばすと、手水舎の正面のあたりを指した。

「あそこにな、いくつもの笹を立てて、皆が願いを書いた短冊を飾るのだ。出店も並んでいて、組み立てた舞台で歌を歌い踊りを舞い、ときには町外れの川岸で花火を打ち上げることもあった」

「花火。盛大だったんだね」

「花火の打ち上げのみなら今もやっているぞ。昔から少し時期はずれたが、盆のあたりになれば今年もやるはずだ」

「へえ、そうなんだ。去年もやってたのかな、知らなかった」

去年のお盆の時期にはおばあちゃんちに行っていたから、その間にやっていたのかもしれない。まだ、この町のことを今よりも知らなかった頃だ。この神社のこともまったく知らなかった頃。

今は青く明るくて、花火なんて上がるわけないのに、それでも空を見上げてみた。

雲ひとつない夏の空はとても近くて、手を伸ばせば届きそうな気がして、でもそんなはずはない遠い遠い空に、皆は夢を願う。

何度か見た、不思議な光景を思い出した。ぼうっと色づきながら空へ舞い上がる願いの光。

あれは、まるで花火みたいだった。たったひとすじの光だけれど、輝いて、色を付けて空へ昇っていく姿は、小さい頃にお祭りで見た打ち上げ花火のようだった。きっと、短冊に書かれたたくさんの願いを全部空に届けたなら、それこそ本当に花火みたいに見えるのだろう。願いごとひとつ、小さな短冊に乗せて。大切に紡がれた言葉と心をひとつひとつ受け取っていく。

「ん？」

ポケットから音が鳴った。携帯を取り出すと新着のメッセージが一件届いている。

「ほう。めーるというやつだろう、知っているぞ」

常葉が遠慮なしに画面を覗いてくる。

「手紙を届けなくても言葉がすぐに伝わるのだろう。便利な世の中だな」

「よく知ってるね。わたしも携帯を持つまではよく手紙を書いてたんだけど」

「かんざきやまと」

「あ、ちょっと見ないでよ」

「誰だ大和とは。なかなか男らしい名だな。彼氏か？」

わたしの言葉を無視して常葉が画面をじろじろ見てくるけれど、まあ常葉だからいいかと諦めて、大和から送られてきたメッセージを開いた。

「大和はわたしの幼なじみだよ。同い年の野球少年」

「ふうん、幼なじみ」

「うん。もう半年以上会ってないけどね」

大和からの連絡は、今日の試合の結果報告だった。今日対戦した高校は過去に甲子園出場経験のある名門校らしく、おそらく今年の地方大会はこの試合が一番大事な戦いになるだろうと前に大和から聞いていた。

「勝ったんだ。よかった」

本文はたった一行の短いものだ。『今日の試合、勝ちました』と、何度目かの報告。画面の中のそれを眺めていたら自然と口元が緩んだ。きっと今のわたし、最後の一球を投げたあとの大和と同じ表情をしている。

大和はあまり表情を変えない。小さい頃からそうだった。わりと可愛い顔をしているくせに常にぶすっと無愛想なのだ。

でも、たったひとつだけ、大和が思いきり表情を崩すときがある。それが試合で勝ったときだった。

最後の球を投げ終えて、ゲームセットした瞬間、マウンドの上で大和はいつも太陽みたいに笑っていた。チームメイトに向かって。自分の手に向かって。マウンドに向かって。空に向かって。わたしはそれを何度も見てきた。いつ見ても、とても見ていられないくらいに眩しかった。その顔を見るのが——楽しそうに野球をしている大和の姿を見るのが好きだった。まだ、わたしと大和の背がそんなに変わらなかった頃、いつかふたりの立つ場所が大きく変わってしまうなんて思いもしないままで、純粋に、こちらを向く大和に手を振った。

今はもう、手は振らない。大和はこちらを向いてくれるけれど、あまりにもその場所が遠すぎる気がして、わたしはいつも、たくさんの人で溢れている場所から、たったひとりでグラウンドの中央に立つ大和を見ている。

携帯の画面を切る。真っ黒になった液晶には、ぼんやりとわたしの影だけが映っている。

「なんだ、返事をしないのか」

常葉がつまらなさそうに呟いた。

「試合終わったところなら、どうせすぐミーティングとかするんだろうし、あとで送るよ」

「だが返事を待っているかもしれないだろう。すぐ送らねば」

「待ってないって。いつものことだし。彼氏彼女じゃないんだから、そうすぐ返さなくてもいいってば」

「いいや駄目だ。今すぐ返事を書くんだ」

常葉はなぜだかしつこく返事を迫ってくる。自分はまったく関係ないくせに、なんだこの面倒な必死さは。

「あとでちゃんと返すから、それでいいでしょ」

「そうかなるほどわかった」

常葉がきりっとわたしを見るので、なるほどこいつは何もわかっていないのだなと悟った。

「おまえがやらないならばおれがやろう」

「は？」

ほら何もわかっていない！

「いや、わたしはわかったよ。あんた、わたしに返事をさせたいんじゃなくて、自分で携帯を操作したいだけでしょ！」

「はてなんのことやら」

可愛こぶりっ子して首を傾げているものの、神様の魂胆は見え見えである。わたしは流れる銀色の髪をしばらく睨んだあと、しぶしぶ常葉に携帯を渡した。わたしって案外、心広いなあ。

「任せろ。やり方は知っているぞ」

常葉の顔がぱあっと明るくなる。

「変なところは触らないでよね。その画面以外開いたら腹パンするからね」

「なんと書けばいい？」

「おめでとうでいいよ」

「適当だな。駄目だぞ、そんなのでは」

　返信画面を見つめながら、常葉は機械慣れしていないおじいちゃんみたいにゆっくりとボタンを押していく。

「もっと思いを込めて言葉を贈らねば」

「いいんだよそれで。ただの報告だし、向こうもそんなに期待してないよ。いつもひと言ずつしか送らないし」

「だとしても、誰かに届ける言葉なら、長短は関係なく、大切に考え大切に書くべきだ」

　携帯の画面に少しずつ『おめでとう』の文字が浮かんでいく。わたしなら一分もかけずに打って送ってしまう内容だ。

「誰かに届ける言葉って、メールとか、手紙とか？」

「そうだな」

「ふうん。それってさ、人にじゃなくて、絵馬みたいに、神様にお願いするものもだよね」

「当然だ」

「七夕で願いごとを書く短冊とかも？」

　絵文字を捜しあてた常葉が語尾におにぎりの絵文字を付けた。一行空けて、あとは勝手に打ちはじめる。

「あれも、そうだな。皆、心を込めて願いを書き、天に祈るだろう」

「うん」

「言葉は形にできるが心はそうはいかん。だからこそどんな形であれ丁寧に紡ぐことだ。そうすれば届く言葉に、心も乗せることができる」

「心も届くってこと?」

「そうだ。そうしたら、相手の心にも届く」

「ふうん」

　画面に文字が増えていく。常葉は、わたしが考えた『おめでとう』のあとに『おうえんするぞ』という言葉とインド人の顔の絵文字を打って、送信した。電波に乗ったわたしと常葉の言葉が大和の携帯へ届いていく。

　温(ぬる)い風にざわざわと木が鳴る。空にすうっと、飛行機雲が線を引く。

「常葉は、たくさんの人の願いの言葉を受け取ってきたんだね」

　空に手を伸ばしてみながら、口に出していたことにも気づかないくらいに何げなくそう言った。見なかったから、どんな顔をしていたかは知らないけれど、常葉はいつもどおりの涼しげな口調で、

「そうだな」

と呟いた。

ちょっと油断した隙に常葉がいなくなっていたので、わたしはかなりぷんすかしながら手水舎の掃除をしていた。面倒なことは大嫌いだがやりはじめるとつい凝ってしまうタイプなのは自覚している。汗水流しながら必死で磨いた水盤は、新品みたいに綺麗になって、水も足場も、ごみひとつない快適な空間に仕上がった。

「ふう。完璧！」

我ながら見事なお掃除テク！　ここまでやれば常葉にも文句は言われないはずだ。常葉はすぐ小姑みたいに「本当にしたのか、掃除」って冷めた目で見てくるけれど、もしも今度そんなことを言ってきたら腹いせにこの水盤でミドリガメでも飼ってやろう。

「イビリに屈してなるものか！」

汗だくの額を手の甲で拭って「よしゃー！」と空に雄たけびを上げた。青い広大な空に、拳を握った両手を突き上げる。うん、爽快。

「……」

たったひとりでこんなことをして恥ずかしくないそのわけは、当然まわりに誰もいないからだ。常葉がどこかに行ってから、この神社にはわたしひとり。蝉がジリジリ鳴いているだけで、あとはしんと静かだ。

手水舎の屋根の日陰に隠れて、そこにじっとうずくまった。人の気配のない神社。静かで、わたししかいない。

きっといつかは賑やかだったのに、今は誰も来ない、古い町の神社。

そういえば、と、最近安乃さんを見ていないなと思った。この神社に頻繁に来てくれる人なんて安乃さんくらいなのに、その安乃さんが来ないのだからそりゃいつまで経っても人っ子ひとり現れないはずだ。安乃さんは、わたしが常葉に捕まる前からいつもここに来ていたようだけれど、これだけ長期間来ないということには何かわけがあるのかもしれない。単に忙しかったり、通うのが面倒になっただけかもしれないけれど……でも、そんな理由で来なくなる人ではない気がする。

——千世さんがいてくだされば、賑やかでいいわね。

もぞもぞ動くと、サンダルの下で砂利が鳴った。その小さな音が響くくらいあたりは静かだったけれど、すぐ近くにとまった蝉のせいで耳が痛いくらいうるさくなった。境内の小さな場所で、ひとりで座っているわたし。常葉は一向に姿を見せようとしない。

「……よいしょ」

立ち上がって伸びをした。まだ高い場所にある太陽を、手で庇をつくりながら見上げて、参道の真ん中を歩きながら鳥居をくぐった。

そこは商店街を抜けた先の、昔からの家が並ぶ住宅街だ。わたしの家がある新興住宅地とは随分雰囲気の違うその場所の、あるお宅の前で、わたしは足を止めた。

大きな門構えとその奥の建物は、相変わらずため息が出るほどにご立派で、ぼうっと突っ立ってそれを見上げるわたしはなんとも場違いな気がしてならない。

安乃さんのお家の前。

ていうか、なんで来ちゃったんだろう。最近見かけないのが気になって、どうしたんだろうって考えていたら、いつの間にかこんなところまで来てしまっていた。いや、押しかけるつもりなんてなかったのだけれど。本当に。気になったくらいでお宅訪問するほど仲がいいわけでもないし。常葉ならともかく、わたしは、本当。

「……」

とりあえず帰ろうかな。ここにいると不審人物みたいだし。うん、帰ろう。暑いし、コンビニでアイスでも買って帰ろう。

と、くるっと踵を返すのと同時に、

「あら、千世さん？」

と声がして、わたしはそのまま一回転する形で振り返ったのだった。

「ああ、やっぱり」

お屋敷の門の向こうに、前に会った安乃さんの娘さんらしきマダムがいた。以前と変わらず上品で、且つ親しみやすい雰囲気の方だ。

「あ、こ、こんにちは」

「はい、こんにちは。どこかお出かけの途中かしら」

「あの、えっと……」

「それとももしかして、うちにご用とか？」

マダムは怪しんでいるわけではなく、気軽にそう問いかけてくれているらしい。わたしは少し悩んだものの、結局こくりと頷いた。

「最近、安乃さんが神社に来られないので、何かあったのかなとちょっと心配になっちゃって」

「あらあら、そうだったの」

マダムは少しだけ眉を下げて笑いながら、「ありがとう」と言った。

「母を心配してくれたのね。そうね、常ノ葉さんにも行けていないから」

「すみません、なんか余計なお世話かなとも思ったんですけど」

「いいえ、そんなことはないのよ。ねえ千世さん、まだお時間はあるかしら？　よければ上がっていってほしいのだけど」

思いがけず誘われてしまった。以前に安乃さんに言われたときにはお断りしたお誘いだ。今回だって、別に来る予定すらなかったわけだから断ってもよかったのだが、それでも断れなかったのは、たぶん、マダムの表情が前に会ったときと少しだけ違っていたからだ。

予想どおり……いやそれ以上に立派なお屋敷に入って、長い廊下を進んでいった先。お庭に面した日当たりのいい静かな和室に、安乃さんはいた。

「お母さん、千世さんが来てくださったわよ」

マダムが声をかけると、安乃さんは振り向いて「あら」と楽しげに声を上げた。

「千世さん。こんにちは、お久しぶりですね」

「はい……こんにちは」

「最近お母さんが常ノ葉さんに行かなくなったから、心配して様子を見に来てくださったって」

「そうなの。わざわざ、ありがとうございます」

「いいえ、こちらこそ、急に押しかけちゃってごめんなさい」

「いいのよ。来てくれて嬉しいですから」

買い物に行くからと、席を外したマダムを見送って、わたしは安乃さんのすぐ隣、用意してもらった椅子に腰かけた。

すぐに言葉が出てこなかったのは、どう声をかければいいか悩んだのと、声が出ないくらい驚いてしまったせいだ。

お日様が暖かく射す庭を眺めている横顔は、前に見たときと随分印象を変えていた。くぼんだ瞳と痩せた頬、少し嗄れた声。急にいくつも年を取ったみたいだった。うちの死んだじいちゃんが、病気になってから、同じようになったのを思い出す。

「千世さん」

呼ばれて、こちらを向いた安乃さんと真っ直ぐに目を合わせた。安乃さんが体を起こすと、寝ていたベッドが軽く軋んだ。家具や装飾品に至るまで和物で揃えられたこの部屋で、唯一調和を乱しているパイプベッド。これもじいちゃんが入院していた病院で同じようなものを見かけた。

「驚いたでしょ。短い間で随分痩せてしまって。見せるのが、とても恥ずかしいんですけれど」

骨張った手で、安乃さんが自分の頬を撫でる。とても「そんなことないです」とは言えないほどの変化だった。けれど、柔らかな表情だけは神社で見かけたときと変わらない。

「本当はね、もう随分前から、体を悪くしていたんです。でも動かないとどんどん悪くなりますから、できるだけ調子のいいときは出歩いていたんですけど、先日、とうとう動けなくなってしまいまして」

「そう、だったんですか。わたし、安乃さんを見ていて、体調が悪いなんて全然思わなくて」

「嬉しいことですよ、それは。元気がないなあなんて思われるのは嫌ですし」

でももう駄目ね、と、安乃さんは静かな声で続けた。

「強がって元気に見せるのはもう終わりです。あとはのんびり、最期を待つだけ」

本当に、まるで、夕暮れでも待っているみたいに穏やかに言うから、わたしは何も言えなくて、無意識に両手を握り締めた。なんて言えばいいか、どうしたらいいか、まるでわからなくて、自分の不甲斐なさに泣きそうになった。わたしって、本当に何もできない。

「ねえ、千世さん」

知らず俯いていた顔を、安乃さんの声でそっと上げた。わたしがどれだけ役立たずでも安乃さんは優しく微笑んでくれていて、その顔を照らす夏の日射しは、さっきまでわたしが浴びていた厳しい熱とはまるで違うものみたいに、柔らかくこの場所を暖める。

「ちょっと、変なこと聞いてもいいかしら？」

「変なこと、ですか」

首を傾げると、安乃さんは少し笑みを深くした。

「もしも見当違いだったなら、年寄りが馬鹿なことを言ってるって笑って忘れてくればいいですから」

「はあ……なんでしょう」

「あのね、常ノ葉さんにいつもいらっしゃる、綺麗な男の人」

「常葉のことですか？」

「あら、トキワさまと仰るのね。そう」

くすくすと笑う安乃さんは、その瞬間だけ不思議と、わたしと年の変わらない女の子のように見えた。安乃さんの若い頃なんて知らないし想像だってできないのに、何十年もずっと昔の安乃さんの姿がそこに浮かんでいるような気がしたのだ。それはきっと、いつか常葉が見てきた、わたしの知らない時代の姿なのだろう。

「ねえ千世さん」

安乃さんが、もう一度わたしの名前を呼んだ。麦茶の中の氷が、からんと音を立てた。

「トキワさまは、神様なんでしょう」

お茶を飲んでいたら綺麗に噴き出していたに違いない。

ちょっと待て。待て待て。え、今なんて言った？　神様って言った？　言ったよね。うん言った。

……安乃さんは常葉が神様だって知っていたの？

まさかそんなはずない。だって常葉は知られていないって言っていたもの。だとしたらおそらく安乃さんは本物の神様ではなく、神様的な人って意味で言ったのだろう。ほら、何かに優れた人のことを「神」って呼んだりすることがあるし。しかし、一見美形なだけのお散歩好きなニートである常葉をそんなふうに思うだろうか……いや、思わない。ということは安乃さん、まさか本当に気づいていたのか。

「なんで知ってるんですか？　常葉が、その、あれだってこと」

「あら、やっぱりそうなんですね。あの方は常ノ葉さんの神様なのね」

掠れたわたしの声とは裏腹に、嗄れ気味の安乃さんの声色は弾んでいる。ぽかんと口を開けたわたしに向かい、安乃さんは「だってね」と続けた。

「よくお姿を見かけて、仲よくお喋りをさせて頂くようになったのはつい最近のことだけれど、あのお姿は、ずっと昔にも見かけていたんだもの。あのときと変わらない綺麗な姿のまま、いつまでもあの神社にいらっしゃるのだから、そうか、あの人は神様なんだって」

「そ、そうだったんですね」

なるほど。しかし昔から人に姿を見せていたなんて、馬鹿かと頭を抱えたくなる。そりゃ普通じゃないって気づくよ。何十年も変わらないままで人の前に出るなんて、下手すりゃ町の七不思議だ。きっと常葉は、それで怪しまれるなんて考えもしなかったのだろう。あの神様はどこか抜けているのだから。

「千世さんも……もしかして神様なのかしら？」

「いえまさか！　わたしはごくごく普通の女子高生です！」

「あらそう。でも、千世さんも知っていたのね。あの方が神様だってこと」

「は、はい。あの、最初はものすごく疑ったんですけど、ちょっといろいろ信じざるを得ないことがあったりして、なんやかんやで」

「ふふ、おもしろそうですね」

「う……わたしにとっては、全然おもしろくはないんですけど」

むしろ最悪な雑用生活のはじまりであり、なんでも屋の開業でもある。だけどそれを話したら安乃さんに笑われそうだから、心に秘めておくことにした。

ゆっくり時間が過ぎていく。蝉の声が聞こえている。冷房はないのに、不思議と、蒸し暑さは感じなかった。

安乃さんのお宅の庭には背の高い向日葵が生えていた。広い花壇はすべて向日葵で埋められていて、濃い緑が爽やかに和室からの景色を彩っている。でもまだ十分に咲くには少し早かった。あと数日もすれば大きな花を咲かせて、めいっぱい太陽に顔を向けるだろうけれど。

安乃さんは、庭の向日葵たちを眺めていた。穏やかな表情で、とても大切な人をそばで見つめているみたいに、それを見ていた。

「私ね」

また、ゆっくりと瞳がわたしに向く。

「私、たった一度だけ、常葉さまにお願いごとをしたことがあるんです」

「願いごと……」

「ええ、そうなの。私はね、とても大切な夢を常葉さまに叶えてもらったんです」

「聞いたことがあります。常葉はこれまでに一度だけ安乃さんの願いを叶えたことがあるって。安乃さんはその一度しか常葉に願ったことがないんですよね」

そのたったひとつの願いが生涯の夢だった。長い長い人生の道筋を、真っ直ぐに示し続けた夢。

「あら、神様、そんな大昔のことを覚えてくださっていたんですね」

「つい最近のことみたいに話していました。たぶん神様の常葉にとっては、本当につい、この間のことなんだろうけど」

「そうね。私にとっては、顔が皺くちゃになっちゃうくらい、長い間だったけれど」

　安乃さんは、ひとつ穏やかに息を吐き、部屋の中の一点に視線を移した。わたしもつられてそちらを向くと、低い和箪笥の上にふたつの写真立てが並んでいた。片方には、優しい顔のおじいさんのカラー写真が、もう片方には若い男性が写っているとても古い白黒写真が飾られている。

「あれは？」

「随分違うけど、二枚とも、うちの主人の写真なんですよ」

「ご主人さん、ですか」

　ずっと昔のものなんだろう、古いほうは随分茶色く変色してしまっている。色褪せて見えにくくなった小さな四角の中で、短く髪を刈り上げて、凛々しい表情でこちらを向いている男の人。

「うはあ、イケメンですねえ」

「あらあら、主人が聞いたら喜びますね、千世さんのような可愛い方にそう言ってもらえたら」

「隣のお写真は最近のですか？　やっぱり、若い頃の面影残ってますね。素敵な人だなあ」

「ふふ、そうかしら」

　あ、可愛い。ずっと年上の人に対して失礼かもしれないけれど、安乃さんを見てそんなふうに思った。少し照れたような笑い方だ。きっと旦那さんのことが大好きなんだろうってその表情だけでわかる。

「羨ましいです。素敵な旦那さんがいらっしゃって」

「ありがとう。でもね、主人はもう五年前に亡くしているんですよ」

「あ……そうだったんですか」

「ええ。でもね、大丈夫なんです。悲しいし、寂しくも思ったけれど、でも私たちはいつかお別れしても大丈夫なように、長い間ずっと一緒に歩いてきたんですから。それまでの日々を目印に、これからも歩いていけるように」

その言葉は強がりではないのだろう。安乃さんの表情が本心なのだと言っていた。たとえひとりになったとしてもひとりではない、明るく照らされていた道の続き。

「幼なじみだったんです。私と主人は。家が近所で、年もふたつしか違わなくて、まるで家族のように育ちました」

安乃さんが瞼を閉じた。そこに何が見えているんだろうって、わからないけれどわたしは、閉じられた皺だらけの青白い瞼をじっと見ていた。

「まだね、結婚をする前よ。私が千世さんと同じくらいの年の頃かしら。主人が大変な役目を背負って戦争に行ってしまったの」

「戦争……」

「そのときにはもう、数えきれないほどの人が戦争で亡くなっていました。これはあとからわかったことだけれど、主人が駆り出されたときはもう日本は随分劣勢に立たされていて、負けるしかないような状態でした」

浅く息を吐いたあと、安乃さんは少し苦しげに咳をした。

「覚悟はしたつもりでいました。でも、結局は自分に言い聞かせていただけで、本当はこれっぽっちも覚悟なんてできていなかったんですよ。今すぐあの人に帰ってきてほしくて、いなくなるなんてちっとも考えられなかった。だけどあの時代は、お国のために命を尽くすことが名誉でしたから、そんなことを大声で言うことはできませんでした。今になって思うとおかしいですよね。自分や愛する人の命を大切に思うことが、許されないはずがないのに」

ひとつ深呼吸をして、それから薄く開けた瞳は、どこか遠くを見つめている。

縁側のすみにぶら下がる風鈴がりんと鳴る。

「だから私はね、誰にも言えなかった声を、神様にだけこっそり聞いてもらったんです」

「それが、常葉にお願いしたたったひとつの願いごと、ですか?」

「ええ。あの神社は、人の夢を叶えてくださる神様と聞いていましたから」

「旦那さんが無事に帰ってくるように願ったんですか」

「いいえ、そうではないの」

ゆっくり組まれた安乃さんの手は、痩せて骨張っていて皺だらけで、わたしの手とは全然違っているから、かつてそれが綺麗だった頃のことなんて想像もできない。だけど確かに過去はあり、それは今の安乃さんがここにいるために必要だった一瞬。ずっとずっと昔、わたしの知らない安乃さんが神様に心から願った夢は、彼女が歩んでいくための長い道を示したとても大切な道しるべだったのだ。

「私は〝あの人とできるだけ長く共に歩んでいきたい〟と願ったの。他には何も望まないから、私が歩む道に常にあの人もいてほしいって。ほんの短い間じゃなく、出会ったときのことすら忘れるくらいずっと長くね」

「それが、安乃さんの夢だったんですね」

「思えば、叶うはずはなかったんです。死ぬしかないような役目に就かされていましたから。でも、本当に奇跡としか言いようがないことがあって、主人は生き長らえて、そして戦争が終わり、私のところへ帰ってきたのです」

安乃さんの声を聞きながら、もう一度、並んだ写真に目を向けた。五年前に亡くなったという旦那さん――五年前に亡くなるまで、ずっと安乃さんと一緒にいた人。

「それから結婚をして、子どもを産んで、お互いが皺くちゃになるまで一緒にいました。亡くなったときはね、やっぱり寂しいし悲しかったけれど、それ以上に、幸せな日々をありがとうって思えたのよ。主人と、そして、願いを叶えてくださった常葉さまにね」

庭に視線が向いた。植えられている向日葵はまだ大きくなる。今は少しずつ太陽を目指して背を伸ばしている。

「あれは、主人が亡くなってから植えたんです。向日葵って、とても背が高いし、太陽を追いかけて花を向けるでしょう。主人は私よりもずっと寂しがり屋でしたから、ちゃんとあなたのことをここから見ていますよって、お空への目印になるかと思って」

長く喋っているせいか、安乃さんは少し苦しそうに呼吸をしていた。だけど表情はずっと穏やかなままだ。

泣きそうになったのはどうしてかわからない。ただ、無性に胸が痛くなって、大声を上げてその細い腕を掴みたくなった。きっと、今にも、安乃さんが消えてしまいそうな気がしたから——ふわっと透けてどこか遠くへ、わたしの知らない場所へ、消えてしまいそうな気がしたからだ。

「千世さん。私の今の願いはね、主人と同じところへ行くことです」

優しい声音にぎゅっとくちびるを噛んだ。

そうか。安乃さんはもう、あと少しで、本当にわたしの知らないところへ行ってしまうのだ。それはわたしが手を伸ばしたってどうにもならないことだし、伸ばしたところで安乃さんはその手を掴んだりはしないのだろう。道の終わりと行き着く先を、きっともう、知っているのだ。

「千世さんには、夢はありますか？」

「……え？」

「私が常葉さまにお願いしたのと同じような大切な夢。千世さんにも、あるんですか？」

少し、考えた。考えて、首を横に振った。でも安乃さんは、いつかの常葉みたいな失礼な反応はしなくて「そうですか」と呟いただけだった。

「千世さんはまだ、自分の夢を探しているところなのですね」

「恥ずかしいんですけど。安乃さんが、わたしと同じ年くらいのときには一生を決める夢を持っていたんだって聞いたら、なんだか余計に」

「今は昔と違いますから。千世さんはまだこれからゆっくりと、自由に将来を決めていくことができるでしょう」

「でも、常葉にも夢を持てって言われて、いろいろ考えているんですけどなかなか見つけられなくて。わたし、得意なこととか好きなことも全然ないし」

「じゃあ、千世さんは、五年後、十年後、どういう自分になっていたいですか？」

いつの間にか俯いていた顔を上げてみた。わたしが目を合わせるのを待っていたみたいに、安乃さんが微笑んだ。

「難しいことじゃないんですよ。何ができるかとか、どうあるべきかとか、そういうことは考えなくていいんだから。大切なのは、たったひとつです」

「ひとつって」

「どうありたいかということです」

そのとき、ころんと、胸の中で何かが転がった。

とても小さなひとカケラだ。何かのカケラ。まだ透明で色のない、だけど形になりつつある何かがあるのに、気づいた。

「明確じゃなくても、とても小さなことでも、他人に馬鹿にされそうなことでもいいんです。それが自分の中で特別な思いなら、そこから必ずまたいくつもの大きな夢が生まれるはずですから」

ふと、紗弥の言葉を思い出した。それから、まずいたこ焼き屋のおじさんの願いも思い出した。みんなの笑顔が見たいという、とても小さな夢のモト。それから、安乃さんがただひとつ、常葉に願った大切な夢。

選んで歩いてきた道の最初のほうで、目印になっていつまでも立っている。長い長い道の先で、いつかまた迷うことがあったとしても、振り向けば必ずそれが見える。支えになる。だからまた歩き出せる。最初のナニカ。

「……常葉も、言っていました。些細でも曖昧でもくだらなくてもいいって。自分の中で揺るぎなかったら大丈夫だって」

「ええ」

「前はわたし、無理だって最初から諦めて、きちんと迷うことすらしていなかったような気がします。まだ、小さなことすら見つけられずに探しているところだけど、でも、見つけたいと、思うようにはなったような……」

ちょっと自信がないのが、弱気になった語尾でバレてしまったかもしれない。安乃さんはプッと噴き出して、それから軽やかに笑った。

「だったら大丈夫。必ず見つけられます。それに千世さんには、夢の神様がついているんでしょう」

「……その神様、わたしにはニボシしか授けてくれないですけどね」

「あら、なんですかそれ。なんでニボシ？」

「気にしなくていいんです！　すごくくだらない話なので」

「ふふ、なんだか楽しそうね」

だから楽しくなんかないのに。それでも言い返すことはできずに、それこそ楽しそうな安乃さんに笑い返す。常葉のこと、わたしは悪口しか思い浮かばないけれど、せめて安乃さんの中では素敵な神様でいさせてあげようと思った。安乃さんにとっては、大切な夢を叶えてくれた、きっと、とても特別な神様なのだろうから。

「私ね、ひとつだけ気がかりだったんですよ」

　ぽつりと安乃さんが呟く。

「常ノ葉さんのこと。今のご時世、神社にお参りする人なんていないから、私が行けなくなったら寂しくなっちゃうんじゃないかしらって思ってたの。ほら、最近よく姿を現してくださるのは、きっと、人とたくさんお喋りしたいからなんじゃないかしらって」

　言われて思い浮かんだのは、誰もいない神社で、ひとりお社に座って空を眺めている常葉の姿だ。わたしが階段をのぼって、それから赤い鳥居をくぐって声をかけると、常葉は待ちくたびれたと言ってふわりと笑う。階段の一番下に座って、何もない商店街の路地裏をぼうっと観察しながらアイスを食べていたこともあった。たまに通るご近所さんに、常葉は親しげに声をかけていた。こいつは本当に神様かと疑いたくなるような、何げない光景。

「常葉って、たぶん、人が好きなんですね」

「そうですね。私もそう思います」

　少し寂しがり屋、構われるのが好きで、きっと人とこの町が好き。だから常葉は、わたしの前にも現れた。

「千世さん」

はい、と答える。またりんと、風鈴が鳴る。

「気がかりだったけれど、もう心配する必要はないですね。あなたがいてくれてよかった」

「……はい」

気の利いた返事なんてできないし、そんなことないですとも言えない。任せてください とか、あなたはまだ元気になりますよくらい言うべきだったんだろうけれど、わたしはとても言えなくて、でも、安乃さんは満足げに微笑んでくれる。

はい、ともう一度、意味もなく呟いてみたら、安乃さんは、向日葵と同じような顔をした。

「千世さん、素敵な夢を、見つけてくださいね」

そのとき、蝉の鳴き声が近くで響いた。そのせいで少し聞き取りづらい声だったけれど、たぶん、ちゃんと、聞こえたと思う。

「あなたはきっと、とても素敵な人になるわ」

確かに、そう言ってくれたと思う。

第六章　いつも、光る

安乃さんが亡くなったのは、七月の終わりのことだった。

それはちょうど、大和から甲子園出場決定の知らせが来た日だ。わたしが安乃さんに会いに行ってから本当に間もなく。地方大会の決勝の結果を大和からの電話で知って、お父さんとお母さん、それから紗弥にも伝えて、みんなで喜んでいた日。

わたしが知ったのは、亡くなってから数日経ったときだった。昨日一昨日と、いつまで経っても常葉が姿を現さなかったのにむかつきながらも、日課になっていたせいで真面目に神社に向かっていた途中、たまたま安乃さんの家の前を通って、ちょうど安乃さんの娘さんに会って、前日が安乃さんのお葬式だったのだと聞いた。

「ねえ千世さん、九月頃になったら、また家に遊びに来てくれないかしら」

少しだけやつれた様子のマダムは、それでも笑顔を浮かべたままでそう言った。

「うちに咲いている向日葵の種を千世さんにも分けてあげたいって母が言っていたのよ。だから千世さんが嫌じゃなければ、種が取れる頃にまた来てちょうだい」

わたしが頷くと、マダムは嬉しそうな顔をした。

それからわたしは、いつもよりもゆっくりとした足取りで、常葉のいる神社へ向かった。石段をのぼって鳥居をくぐると、お社に座っている常葉の姿が見えた。三日振りのご対面のはずなのに常葉はいつもと変わらない調子で「遅かったな」とのんびり呟く。

「ゆっくり来たから。なんせ今日も神様、いらっしゃらないと思っていたので」

「すまないな。おれもいろいろと事情があるのだ」

「ふうん。別に、どうでもいいけど」

常葉の隣に腰かけて、持っていた買い物袋をがさがさと探った。

「まんじゅうか？」

「今日はアイスだよ」

「それも好きだ」

定番のソーダ味のやつ。安くてお財布に優しいし、あたったらもう一本なんて考えた人天才だ。お手頃だから二本買ってきた。ひとつは自分の、ひとつは常葉の。ふたり揃って外袋を開ける。

夏休みに入ってからまた一段と暑さが増した。蝉も増えたし不快さは上昇中だ。それでも夏休みはやっぱり嬉しくて、これが一年中続けばいいのになってわりと本気で思っている。宿題のことはギリギリまで忘れる予定だ。でも甲子園の日程は忘れずにチェックしておかなければいけない。せっかくだから楽しみたいし、来年は受験で忙しいだろうから、今年の夏は存分に、思い出に残るように、したい。

齧ったアイスは、今日も甘い。

「ねえ常葉。安乃さん、亡くなったんだって」

シャク、と、次は隣から齧る音がした。棒に付いたアイスを食べるのが下手な常葉は、アイスの減りがわたしより遅い。

「ああ、そうだな」

「知ってたの？」

「ああ。知っていた」

境内は今日も静かだ。ここだけ時間が止まっているみたいに外の音が聞こえない。

「わたしね、この間安乃さんに会ったよ」

垂れかけたアイスをぺろっと舐めた。同じタイミングで、常葉も同じことをした。

「昔、常葉に叶えてもらった願いを教えてもらった」

「そうか」

「安乃さんの今の夢も教えてもらったよ」

わたしがアイスを食べ終えたとき、常葉のはまだ半分くらい残っていた。この、半分になってからが食べるのが難しいらしい。常葉は下のほうのアイスをぼとりと落としてしまうこともよくある。

「今日は落とさないようにね」

「任せろ」

やけに慎重に齧ったところで、常葉が「ん？」と首を傾げた。

「千世。何か書いてあるぞ」

「何？」

見ると、常葉のアイスの棒に『ア』という文字が見えはじめていた。マジか。

「ちょっとそれ、アタリじゃん！　あたったんだよ常葉」

「あたった？　それは困る。このあと腹を下すというのか。恐ろしいな、なんの呪いだ」

「そっちの意味じゃなくてさ。これ、買ったお店に持っていけばもう一本もらえるんだよ」

「それはすごいな。店の経営が心配だ」

どうにか最後のひとかけを食べ終えて、すっかり丸裸になった木の棒。常葉は、『アタリ』の三文字が書かれたそれを興味深げに眺めてから、わたしが持っていた外袋にしまった。

「大事に食べろよ。おれが引いてやった貴重なあたりだ」

「あ、うん」

てっきり「それで今すぐもう一本食わせろ」とでも言うかと思ったけれど、返ってきたのはわたしの予想と違っていて少し驚いた。なんだか変だなと思いながら覗いた横顔は、でも、いつもと変わらず涼しげで、あまり感情は読み取れない。

何を考えているのかよくわからない、飄々(ひょうひょう)とした、昨日一昨日とわたしに無断で欠勤しやがった、人が好きな神様。

「悲しい？」

琥珀色の瞳がわたしを見た。「何が」と、小さな声で常葉は言う。

「安乃さんが亡くなったこと。悲しい？」

「いいや」

「悲しくないの？」

「人とは、死というものに対する概念が違う。死んだことを、悲しいとは思わんよ」

「じゃあ寂しい？」

さっきは間を置かずに返ってきた返事が、今度は少し時間がかかった。常葉は表情を変えないまましばらく黙って、それから「そうだな」と呟いた。

「これまでに、幾度となく別れを見てきた。幾度となく見てきたのに、いつまでも慣れはしない。なかなか、心がぼんやりしたまま動かないのだ」

髪と同じ銀色の睫毛が、空ではなく足元を向いているのを見て、なんだ、そうかと思った。いつだって何を考えているかわからない神様は、今だけはわたしと同じ気持ちでいた——寂しかっただけなんだ。

「ねえ常葉、わたしこの間駅前で手相占いしてもらってさ、いろいろボロクソ言われたんだけど、唯一いいこと言われたのが、すごく長生きするってことだったんだよね」

「へえ」

「だからたぶん、わたしまだ当分、いなくならないから。大丈夫」

そりゃいつかは死ぬけど。とぼそりと付け加えたら、きょとんとしていた常葉がふっと笑って、わたしの頭を何度か撫でた。

「さあ、千世が仕事を持ってきたし、久しぶりに働くか」

「仕事？」

常葉が立ち上がり、わたしの額に指をあてる。

「千世が届けてくれたのだろう。安乃の最後の願いを」

「あ……」

額に触れた指先がぼうっと光る。とても優しい色をした、丸い光の玉が現れる。それはわたしの額から離れると、上を向いた常葉の手のひらにふわりと乗った。

「死んじゃったのに、なんであるの？」

「死んだくらいで思いは消えない。おまえが覚え続ける限り、安乃の存在が繋がり続けるように」

わたしに背を向けた常葉が、両手を胸の前に持っていく。まるで、人が神様に祈るみたいに少しだけ顔を伏せて、それからゆっくり空を見上げた。

「安乃、おまえの願い、聞き届けた」

手のひらの光が、ふわりと浮いて舞い上がる。それは鮮やかな夏の青い空で、ひとすじの花火みたいに色づいて、やがて、空に溶けるように消えて見えなくなった。

叶ったのだろうか、安乃さんの夢は。それはもう、確かめようがないけれど。きっと叶ったのだろうなと、そう信じることにして、

「さようなら」

言えなかったその言葉を、光に託して、空に届けた。

神社からの帰り道をひとりで歩いていた。日が長いこの頃、今の時間はまだ夕方と言うには早い気がする午後四時過ぎ。いつもと変わらない町並みだった。夏休みに入ってからは、小学生が朝から日暮れまでそこら中で遊んでいる。

商店街の路地裏を抜けてから、わたしの家のある新興住宅地に行くまでに、一本の川を渡らなければいけない。両岸には土手があって、よく犬を連れたおじいちゃんが散歩をしていたり、若いお姉さんがランニングをしていたりする川だ。

そこを渡る橋の手前で——この町に来たばかりの頃は立ち止まって川面を眺めたりしたけれど、今はもうあまりにも何げなく通り過ぎてしまうその橋の手前で、ふと足

を止めたのは、思いがけない人がそこに立っていたからだ。

「大和？」

呼びかけると、欄干から川を見ていたそいつが振り向いた。短い髪と、日に焼けた顔。いつの間にかわたしよりもずっと高くなった背は、最後に会ったときよりもまた少し伸びているみたいだった。それでも半年振りに会う幼なじみは、やっぱり昔から変わることはない。

「……千世」

聞き慣れた声がわたしを呼んだ。大和は、驚いているわたしと同じような顔でこちらを見ていた。

「ちょっと大和、なんでいるの？　来るなら連絡くらいしてよ」

「悪い。少し前に着いて、今連絡しようと思ってたところだったんだけど」

「びっくりしたよ。どうしたの、なんか用事あった？」

「ん、まあ……急に、千世に会いたくなって」

「はあ。わたしってそんなにあんたに愛されてたっけ？」

言うと、無愛想な顔が少しだけ緩んだ。わたしは呆れてため息を吐いて、それから大和の背中をぽんと叩いた。

「とりあえず、今から家帰るとこだったから、ウチ行こ。ここじゃ暑いよ」

「うん」

「てか、大和って新しい家知らなかったよね？」

「だから近くまで来たけどわかんなくて、ここで途方に暮れてたとこ」

「馬鹿でしょあんた。もう、次からは連絡入れてよね」

歩き出すと、後ろからのそのそと大和はついてくる。歩幅は違うはずなのに、わたしに合わせて、大和はゆっくり歩いている。

大和がこの町に来るのははじめてだ。ここは前に住んでいた土地からそう遠くはないとはいえ気軽に来られるほどでもないし、携帯ですぐに連絡が取れるから会いたいと思うこともあまりない。確か、わたしたちが引っ越してすぐ、大和のパパとママが遊びに来たことはあったけれど、入学前から高校の野球部の練習に参加していた大和は、時間が取れずに来られなかった。その後も同じく。大和はわたしと違って、いつだって忙しい。

「そうだ。大和、甲子園出場おめでとう」

直接は言っていなかったことを思い出して、振り返った。大和は、少し間を置いてから、「ああ、ありがとう」と答えた。

「部活は大丈夫なの？　甲子園ってもうすぐはじまるんでしょ」

「ずっと練習続いてたから、今は大会前の充電期間中」

「ふうん、そんなのあるんだ。だったら実家帰ればいいのに。大和の学校って寮でしょ？　あんまり帰ってないんじゃないの？」

「家はいつでも帰れるし」

「そういうものかなあ。ねえ、あんた、手ぇ痛めてるの？」

大和は表情を変えないまま、自分の左手で右手に触れた。大和を見つけたときから気づいてはいたのだ、右の親指から手のひらにかけてきつく巻かれた包帯に。

「ああ、ちょっと仰々しいけど、たいしたことないよ。予選でずっと投げてたから少し休めてるだけ」

「ふうん、無理しないようにね。お父さんが言ってたよ、高校野球のピッチャーは投げすぎて怪我するのが多いって」

「大丈夫、そういうのには、気をつけてる」

大和がそう言うならそうなのだろう。小さい頃からピッチャーをやっていた大和は、確かに野球に関する怪我をしないように昔から十分に注意していた。

ただ、気になったのは、大和はサウスポーのはずなのに包帯が巻かれているのは右手だということだ。まあ野球は両方使うし、むしろ投げるほうの手に何もなさそうなら安心するべきかもしれない。多少の怪我はスポーツには付き物だと、高校野球好きの紗弥が言っていたし。

「ちょっと、嘘、大和くんじゃない！」

家に帰ると、大和を見つけたお母さんが、アイドルにでも会ったみたいな黄色い声を上げて出迎えた。

「久しぶりねえ。中学のときからまた随分背が伸びたじゃない。それに昔以上にかっこよくなって」

「お久しぶりです、おばさん」

「もう千世、大和くん来るなら言ってよ。そしたらおいしいお菓子買ってきておいたのに」

「わたしも知らなかったんだって。さっきそこで会ったんだよ」

サンダルを脱ぎ捨てて先にリビングに入った。発見したテーブルの上のお煎餅を齧りながら、クーラーの温度を一度下げる。

「大和くん、いつまでこっちにいるの？」

大和と一緒にリビングに来たお母さんが訊ねた。

「……すぐに、戻るつもりです。顔見に来ただけなので」

「あら、やっぱり練習忙しいの？　甲子園決まったものね」

「今はお休みなんだって」

代わりに答えると、大和はちらっとこっちを見て、お母さんは表情をぱあっと明るくした。

「じゃあ時間あるのね。だったら夕飯食べていって。お父さんももうすぐ帰ってくるし」

「でも申し訳ないです。急に来たのに、夕飯まで頂くなんて」

「何を水臭いこと言ってんの。大和くんなんてもう身内みたいなものなんだから、遠慮しないでよ」

　あっという間にお母さんがキッチンへ向かってしまったから、残された大和は困惑顔でわたしのほうを向く。

「無理だよ大和。うちの親、あんたのこと大好きだから、たぶん食べていくまで帰してくれないと思う」

「じゃあ……うん、お言葉に甘える」

「それがいいよ」

　大和は困った表情のままでぎこちなく笑いながら、テーブルのわたしの向かいに腰かけた。お皿の上のお煎餅を勧めると、左手で一枚取って、ぱきりと齧った。

　しばらくしてからお父さんが帰ってきて、四人でいつもよりも少し豪華な夕飯を食べた。子どもの頃はお互いの家でよくこうしていたけれど、今になって大和と一緒にごはんを食べるのは少し変な感じだ。

大和の隣に座ったお父さんは、ごはんを食べるのを忘れるくらいにずっと大和に話しかけていて、そのせいか大和もあまり食事に手を付けられていない様子だった。話の内容はもっぱら大和のことをべったべたに褒めることばかり。今年の甲子園は応援に行くからねって興奮気味に言うお父さんに、小さく笑って頷く大和の顔を、わたしは冷しゃぶを頬張りながら眺めていた。

　そして薄々感づいていたとおり、大和はそのまま泊まっていくことになった。夕飯を食べ終わる頃にはさすがに外は真っ暗だったし、そんな中を余所様の大事なお子さんを遠くまでひとり帰らせるわけにはいかないと、余計なお世話を働かせてお母さんが大和をなかば無理やりうちに引き止めたからだ。さすがの大和もこれは拒否するだろうと思ったから、意外にも（しぶしぶではあれ）泊まっていくことに決めた大和にかなり驚いた。しかし本人がいいと言うのならわたしが文句を言う理由もない。Tシャツとスウェットでゴロゴロしながら、一階でお父さんにずっと捕まっている大和が解放されるのを、自分の部屋で待っていた。

　階段をのぼる足音がしたから大和が来たかと思ったら、ドアを開けたのはお母さんだった。大和用の敷布団とタオルケットを抱えていた。

「大和くん今お風呂に入ってるから。もうすぐ来るからね」

「ねえ、大和、本当にうちに泊まっていってもいいのかな。寮だと外泊の申請とかいるんじゃないの？」

「大丈夫だよ、さっき大和くんのママから連絡があって、うちに泊めるってこと伝えておいたから。学校のほうも大丈夫って」

「へえ、なら、いいけど」

「ねえ千世、あんたはさ、どんなときでも大和くんの隣で大和くんを応援してあげなさいね」

　折り畳み式テーブルの足を畳んで、代わりに狭い部屋の中に布団を敷き、薄いタオルケットを置く。

「何言ってんの。大和は、わたしが応援しなくたって大丈夫でしょ」

「そんなことないよ。まわりのどんな言葉より、たぶん、大和くんにはあんたの応援が大事だよ」

　曖昧に頷くと、お母さんは満足そうに笑って部屋を出ていった。わたしはベッドの上に寝転がって、見慣れた天井を眺めていた。

　そして大和がようやく二階へ上がってきたのは深夜近くになってからだ。パジャマ代わりのお父さんのジャージは、サイズが合わなくてつんつるてんだった。

「お疲れ」

「ああ……いや、疲れてはいないけど」

「お父さん普段話し相手いないから、ここぞとばかりに張りきってたでしょ」

「まあな。変わらないな、おじさんもおばさんも」

お風呂から上がったばかりなのに短い大和の髪はすでにすっかり乾いている。羨ましい、わたしも一度くらい坊主頭にしてみようかな。

「なあ、ところでおれ、この部屋で寝るの？　布団敷いてあるけど」

「みたいだね。さっきお母さんが敷いてった」

「いいの？」

一般的な意見としてはよくはないだろう。付き合ってもいない高校生男女がふたりで同じ部屋で寝るなんて。

「いいんじゃない？　昔はよく一緒に寝てたし」

と言うか正直どうでもいい。他の男子なら無理だけど、大和だし。もう家族みたいなものだ。

「一緒に寝てたって言っても子どもの頃の話だろ」

「大和が嫌なら移すけど。部屋なら空いてるから」

「おれは、嫌じゃないけど」

のそのそと、大和が自分の布団に潜り込む。大和は昔から我儘（わがまま）をあまり言わない子なのだ。

「千世のおばさんの中で、たぶんおれって小学生くらいから成長してないんだな」

「親ってそういうもんでしょ」

「そうかなあ」

「ねえ、もう眠いから電気消していい？」

「ん、いいよ」

ベッドに横になったまま、たこ糸で延ばした電気のヒモを二回引っ張った。真っ暗にはならない。豆電球だけはいつも点けているから、部屋は薄ぼんやりと輪郭を残したままだ。わたしは横を向きながら、じいっと適当な場所を見つめていた。眠いのに、なんだか眠る気にならない。

「……」

ベッドの端に寄って見下ろすと、大和が仰向けでお行儀よく寝ていた。まだ眠ってはいないだろうけれど、瞼はぴったり閉じている。呼吸の音は聞こえなくて、まるで死んでいるみたいに見える。そういえばこいつは小さい頃から本当に死んでいるみたいに寝相がよかった。

「ねえ大和」

声をかけても、瞼は開かなかった。でも「ん」と短い返事が聞こえる。わたしは、小さな明かりの下で、幼なじみの顔を見下ろしている。

「あんた、何かあったの？」

変だとは思っていた。わたしに会いたくなったからなんて、そんなロマンチックな理由で会いに来るような奴ではないことは知っている。それに、少ない表情の中にもいつもと違うものがあるのに気づいていた。何もないわけがないんだ。もうロクに顔も合わせないような関係かもしれないけれど、小さな違和感に気づかないほど、遠くなったつもりもない。きっと大和には、わたしに会いに来た明確な理由があるのだ。

「……」

大和の目が、ゆっくりと開いた。でもわたしのことは見ないまま、小さくくちびるだけが動く。

「別に、何もない」

「なら、いいけど」

呟くと、大和はまた「ん」と短く返事をして、寝返りを打った。こちらを向いた頭を指先だけで撫でてみる。短いけど、坊主と言うにはやや伸びた髪は、思ったよりも柔らかくて、こいつが猫っ毛の持ち主だったことを思い出した。硬い髪質のわたしはその柔らかい女の子みたいな髪の毛が羨ましくて、腹が立ってむしった経験も少なくない。

「引っぱるなよ」

「うん」

　わたしにはないものばかり持っている幼なじみ。いつもわたしが追いかける側で、でもどんどん前へひとりで進んでしまうから、いつまでも追いつけなくて、とうとう追いかけるのを止めた背中。隣になんてとても立てない。いつも遠くから見ている。大きく大きく見えるし、実際にわたしよりもずっとずっと大きいのに、本当は、とても小さな背中。

「大和、明日また、すぐには帰らないでしょ」

　つむじのあたりをぷつっと押すと、嫌がっているのか丸い頭がもぞっと動いた。

「……たぶん」

「だったらちょっと、わたしに付き合ってよ」

「いいけど。どこか行くのか」

「うん。わたし今、ボランティア活動やってんだ」

「へえ、千世が。どんな？」

「神様のお手伝い」

　大和が振り向いた。今度はちゃんと目を合わせている。

「なんだそれ。千世、変なオカルト集団にでも入ったの？」

「違うよ。えっと、神社のお掃除とか、そういうの」

「ああ、そうか。なんだ安心した」

「あんたに心配してもらうようなことはしてないよ」

「でも千世は小さい頃から、よく突拍子もないことするから」

「したことないし」

「よく言うよ」

あくびをすると、大和もつられてあくびをした。タオルケットをあごまで引っ張り上げて寝返りを打つ。

「おやすみぃ」

「おやすみ」

ゆっくり目を閉じた。真っ暗闇に包まれたら、あっという間に眠りに落ちていく。

夢を見る寸前の、ぼんやりとした頭の中で、大和の声で何かが聞こえた気がしたけれど、なんと言ったのかはわからないまま、引っ張られるように意識が消えた。


わたしと大和はお互いにひとりっ子だったから、昔から隣の家の幼なじみが一番手近な遊び相手だった。親同士も仲がよかったため、物心つく前から家族ぐるみの付き合いがあり、まるできょうだい同然に育ってきた。小学校に上がる頃にはそれぞれ同性の友達と遊ぶ機会が増え、さらに大和が少年野球のチームに入ったこともあって常に一緒というわけではなかったものの、かと言って疎遠になるでもなく、休みの日にはお互いの家に行って遊んだり、野球を知らないわたしがしぶしぶ大和とのキャッチボールに付き合ったりと、唯一無二の幼なじみとして変わらない気心の知れた関係を続けていた。

大和は、小学校の一年生のときに、野球好きのお父さんの影響で少年野球をはじめた。小さい頃は下手だった、ということもなく、大和はその頃からすでに才能を爆発させていて、自分よりひと回りもふた回りも体の大きい上級生相手にまったく物怖じせず勝負を仕かけ、そして勝ってしまうような、まさに野球の神様に大いに愛されたスーパースターだった。

ただし大和の野球の実力は、すべてが持って生まれた才能のおかげというわけではない。はじまりこそお父さんの勧めだったものの大和は野球が大好きなのだ。まさに四六時中野球のことばかり考えていて、他の誰よりも熱心に、そして楽しそうに練習に打ち込んでいたのを、わたしはいつもそばで見てきた。

根はおっとりしている大和は、普段からあまり自分を主張することはない。わたしとぶつかり合ったりすると大抵は大和のほうが折れてわたしの我儘を聞いてくれるのだが、野球のことに関してのみそうはいかず、いつだってわたしがしぶしぶ大和の言うことを聞くのだった。

『またキャッチボール？　飽きたよ』

『投げ足りないんだ。今日は練習短かったから』

　少年野球の練習が終わり、大和が家に帰ってきたのに気づいたので、暇を持て余していたわたしが大和の家に遊びに行くと、急にグローブを投げて寄越され公園に行くぞと言われることが多々あった。わたしは野球はルールすらロクに知らないくらい興味がないので、キャッチボールなんてするよりもゲームで遊びたかったのだが、こういうときの大和はどう言ったって折れてくれないのだ。大和が満足いくまで付き合うしかなかった。

『千世、最近うまくなってきたね』

『そりゃこれだけ大和に付き合わされてたらね』

『千世もチームに入れば？　この間試合したところ、選手に女の子もいたよ』

『嫌だよ。わたし野球に興味ないし。大体さ、大和、チーム替えようとしてるって、この間おばさんが言ってたよ』

『ああ、うん。替えるっていうか、リトルリーグに移ろうと思ってるんだ。今いるチームは好きだけど、どちらかというとのんびり気ままにやるようなところだから、コーチがここにおれは勿体(もったい)ないって』

　大和が少年野球からリトルリーグに移ったのは小学校四年生のときだ。わたしたちの住む地区の中では有数の名門チームで、少年野球の頃と違い、大和と同じくらいの実力を持つ強い選手ばかりが集まるところだった。しかし、練習の厳しさに辞める子も多いと聞いたそのチームで、一度たりとも弱音を吐くことなく、むしろ毎日楽しんで練習に行っていた大和は、やはり他の子とは違ったのだろうと今になると思う。

『大和、あんた、プロ野球選手になるの？』

昼過ぎの公園でキャッチボールをしながらこんな会話をしたのは、大和がまだリトルリーグに移るよりも前のことだ。

『なるよ、もちろん。なんで？』

『だってプロ野球選手になんて簡単にはなれないでしょ。大和のパパ、あんたにプロになれよってよく言うけどさ、パパ本人は下手くそでプロになれなかったんでしょ。そういう人のがほとんどだよ』

『そうらしいね。でもまあ、おれとお父さんは違うし。あ、これ、お父さんに言わないでね、ショック受けちゃうから』

『うん、泣かれると面倒だから言わない』

『おれはなるよ。プロに。おれがそう決めたんだ。誰もがなれるものじゃないってことはわかってるけど、不思議とね、無理だとは思えないんだよ。なんだかそうなることがあたり前のことみたいに思うんだ』

『あたり前？　すごい自信だね』

『うん。でも、確かにそうなんだ。それ以外の未来は思い浮かばないし、それ以外の夢なんてないんだ。千世、おれは必ず、夢を叶えるよ』

この頃から大和は少しずつわたしよりも身長が高くなっていた。まだ女の子のほうが成長が早い時期なのに、大和のほうが先にどんどん成長していく。そんな幼なじみの姿を眺め、受け取ったボールを投げ返しながら、わたしはきっと大和はその夢を叶えるのだろうと疑いなく思った。簡単ではないとはわかっている。野球が好きな子どもの中で、プロになるという夢を叶えられるのはほんのひと握りだけなのだ。でも、大和なら、やれるのだろうと思った。大和の語ることは決して夢物語などではなく、いつか必ず訪れる未来の話なのだろう。

『おれのプロ最初のウイニングボールは、千世にあげるよ』

わたしの幼なじみは、いつだってわたしには眩しすぎるほどに強く光り輝いている。わたしは、どんどん遠くなっていくその姿を、いつだって同じ場所から見ていた。遠くに行っても大和は大和だ、そう思いつつも、きっとわたしたちは二度と隣に並び歩くことはないのだろうと、そのこともうわかっていた。

飛んできた白球に、グローブの中で爽快な音が弾けた。

◇

「このあたりは静かだな」

「向こう側に商店街があるんだけど、こっちはほとんど人通らないからね」

午後一時。昼ごはんを済ませてから、大和を連れて家を出た。一番暑い時間帯に出てきたのは失敗だったが、朝から出かけるという予定がわたしの寝坊のせいで狂ってしまったのだから仕方ない。

「こんなところに神社なんてあるのか」

「わたしも見つけたのはつい最近なんだよ」

商店街の裏側の、人通りのない細い路地を歩いていくと、垣根の中に高台へ続く石段が見えてくる。そこをのぼっていくと、この町を見下ろすようにある古い神社に辿り着く。四方の鮮やかな緑と真っ赤な鳥居、白い砂利に、青い空。ひときわ大きい楠を背にして建っているお社には、今日ものんびりと綺麗な神様が座っていた。

「常葉」

顔を出す前から気づいていたのだろう、常葉は腹立つくらいの涼しげな笑顔でわたしたちを出迎えた。

「遅かったな、千世。もう昼過ぎだぞ」

「そんなことないよ、超早いって」

「そいつは誰だ」

「ん？」

常葉の目線はわたしの隣に向いていた。わたしの真横にぴたりと立った大和は、なかば睨むような目つきで常葉のことを見ている。

「大和だよ、ほら、わたしの幼なじみの。大和、あの人は常葉って言って、えっと、この神社の人」

「おお、おまえが噂（うわさ）の大和か」

噂のかどうかは知らないが、なんだか常葉は大和に会えて嬉しそうだ。反対に大和は、明らかに訝しげな表情で、常葉のことを心底怪しんでいる様子。

「なんだあの変な人……本当に神社の人か？　髪、銀色だけど」

「ま、まあ、かなり怪しいかもしれないけど、確かにここの人だから」

「本当に？　千世、あの人と知り合いなのか。大丈夫？」

「だ、大丈夫大丈夫。たぶん無害だから」

「ふうん」

常葉に祟られているなんて当然言えずに、とりあえず渋る大和の腕を引っ張って屋根の下まで連れていった。わたしがお社に座っても、大和は階段の下に突っ立ったままで、まるで番犬みたいに常葉が変なことをしないか見張っている。

常葉は常葉で、不審者と思われているとはつゆ知らず、にこにこと大和のことを眺めていた。それから、わたしには滅多に見せないような爽やかな笑顔を浮かべて「やはりおまえはよいものを持っている」なんてことを言い出すから、余計に大和に怪しまれる始末だ。

「ほら大和、ここに座れ。そこは日が当たって暑いだろう。こちらはずっと日陰になっているから涼しいぞ。千世はもっと向こうへ行け」

「あんたが行け」

常葉に尻で押されながらもどうにか日陰を死守している間に、大和はしぶしぶ常葉の隣に座っていた。でもまだ信用はできていないのか少し距離を空けている。常葉を真ん中にして両脇に、わたしと大和。

常葉はなんだか機嫌がよさそうだった。わたしたちが来る前に何かあったわけではなく、大和のことを随分と気に入ったかららしい。しかし大和のほうは相変わらずで、近い場所から常葉のことを詳しく観察している。

「あの、さっき千世があなたのことをこの神社の人だって言っていましたけど、あなたはここの宮司さんなんですか？」

「ん？　いやおれは……ああ、まあ、そんな感じだな」

大和から見えないところでぎゅうっと常葉の手をつねった。おいおい余計なこと言うなよ。

「痛いぞ千世。何するんだ」

「あんた、絶対に大和に変なこと言ったりしないでよね」

「変なこととはなんだ？」

ぼそぼそと話していると、大和が眉を寄せながら見てきたから慌てて笑ってごまかした。大和は、どうにも腑に落ちない様子のまま、ちらりと常葉を見上げて、それからもう一度わたしのほうを向く。

「千世、ボランティアって何してるの？」

「何って、だから……境内の掃除をしたり、あとは参拝に来る人の、あれやこれやのお手伝いとか……」

「あれやこれや？」

「千世は、迷い猫を探したこともあるし、経営が傾いた店の手助けをしたこともあるな」

「え？」

「いや！　まあそうだね！　成り行きでそういうことをしたときもあったね！」

あっはっはと愉快に笑いながらも、背中には暑さとは無関係の汗がだらっだら流れていた。だから余計なこと言うなって！

「……千世は、なんでこの神社でボランティアはじめたんだ？」

「え？　えっと、それはだね」

「千世に夢とは何かを気づかせるためだ」

答えたのは常葉だった。わたしがぎょっとしたのには、常葉は当然気づかない。

「夢？」

「ここは夢の神の社だからな。それなのに千世は夢などないと言うのだ。だから千世が夢を知るまでここで働かせてやっている」

「そうなのか？　千世」

大和が疑わしげに聞いてくる。

「ん、まあ、そんな感じ」

少なくとも嘘は吐いていない。

「だが大和。おれは千世のことは正直つまらないポンコツだと思っているが」

「はあ!?」

「おまえのことは好きだぞ、大和。見事だな。おまえはとても大きな夢を持っている」

ぴたりと、常葉を張り倒そうとした手を止めた。張り倒すのを躊躇（ためら）ったわけではない。常葉越しに見た大和の顔つきが、ふいに大きく変わったせいだ。

わたしが右手を振り上げたのに驚いた……わけではないだろう。大和の目はわたしではなく、常葉のことを見ていた。

「……大きな夢って、おれが」

「ああ。長いな、その夢を抱いて。幼い頃から持っているのだろう。ここまでおまえを真っ直ぐに引っ張ってきた、揺るぎなく、そして強い夢だ」

「……」

「見事なものだな大和。おれは、夢を持っている人間がとても好きだ」

　なるほど道理で、大和をやけに気に入っているわけだ。

　大和の夢は確かに、誰よりも強く大きい。プロ野球選手になるという一途な夢を、大和はずっと大切に持ち続けてきた。小さな子どもが叶うはずない荒唐無稽な願いを持つのとは違い、大和は確実に一歩ずつ、その夢を実現させるために前に向かって進んでいる。今年も甲子園出場が決まった。優勝だって狙えると言われている。また大きな夢に近づく。真っ直ぐに示された、大和が歩んでいく道。

　わたしはいつも、広いグラウンドの真ん中で前だけを見つめている大和のことが遠く思えていて、その背中を見るたびに自分が小さく思えていた。それでも、マウンドに立つ大和を見るのが好きだった。いつまでも振り返らずに真っ直ぐに進んでいけばいいと思っていた。進んでいくのだと、思っていたのだ。

「大和？」

それなのに、どうして今の大和はそんな顔をしているんだろう。

常葉の言葉にそんなにも顔を強張らせる理由は、何。

「ねえ大和、どうしたの」

「千世、ごめん」

「ごめんって、どうしたの急に」

「……ごめん」

「ちょっと、何？　だから何のこと」

「おれは……」

開きかけたものの、そのあとに言葉は続かないままくちびるが引き結ばれる。

大和が、何を言おうとしたのか、考えたけれどわからなかった。ただ大和は、見たこともない顔をしていた。弱いところなんて一切人に見せない大和は——わたしの知っている遥か遠くに立つ大和は、決してこんな表情をすることはなかった。

「どうしたの大和。大丈夫？」

「……ごめん。おれは、先に戻る」

「え、ちょっと、大和！」

大和は立ち上がると、止める間もなく参道を走りそのまま石段を下りていった。わたしは咄嗟のことに追いかけることもできず、立ち尽くしたまま空振った手を誰もいないところに伸ばしていた。

「何、どういうこと」

からからの喉で独りごちる。

真っ青だった、大和の顔。一体どうして大和は急にあんなにも表情を変えた？

……いや、急じゃない。昨日からどこか変だったじゃないか。大和が何も言わなかったからわたしも深く訊かなかっただけで、最初から大和はいつもと違っていた。

でも、何があった？　大和はどうしてわたしに会いに来た？

何か理由があるはずだ。大和はきっとわたしに何かを言いに来た。何も言わなかったけれど、本当は伝えたいことがあったに違いない。

じゃあ何を。

今、大和の態度が変わったのはどうして？　怒っていたわけではない。大和は明らかに逃げていた。

何かから。大和が、あんな顔をするほどの、とても大切な何かから。

「ねえ常葉、あんたなんか変なこととしてないよね」

「だから変なこととはなんだ。おれはお喋りしかしていない」

「……だよね。怪しまれることはあっても、それ以外のことは別に」

「しかしどうしたのだ急に。もっといてくれて構わなかったのに」

「知らないよ。わたしもそれを考えてるんだって」

何かあるのは間違いないんだ。でも考えたところでわからないから、とりあえず追いかけて本人と話をするしかない。

しかしそう思ったときにタイミング悪く、携帯の着信音が境内に響き渡る。

「千世、電話だぞ」

「知ってるよ！　もう誰だよこんなときに」

表示されていたのは紗弥の名前だった。お父さんなら無視したところだが紗弥にはそうするわけにもいかず、通話ボタンをタップする。

「もしもし」

『あ、もしもし千世？　あたしだけど、今大丈夫？』

「うん、どうしたの」

『どうしたのじゃないって千世！　ねえ、あんたの幼なじみのニュース、知ってるの？』

「大和の？」

電話口の紗弥の雰囲気はかなり慌てた様子だ。そのうえ話題はなんともタイムリーに大和のこと。

「何、大和がどうしたって？」

『やばいんだって。神崎くん、地方大会が終わってすぐ、練習中の事故で大怪我してたらしいよ』

「は？　大怪我？」

『うん。あれほどの選手だから、騒ぎにならないようにしばらく秘密にされてたみたいだけど……右手を骨折したらしくて、噂じゃ手術までしてて、でももう選手を続けるのは無理だろうって』

「骨折……手術？」

何それ、どういうこと？

大怪我して選手生命絶たれて……野球ができなくなった？　大和が？

まさか。

「嘘でしょ、そんなの」

『あたしもそう思って、だから千世が何か聞いてないかなって確かめるために電話したんだよ』

「何、ちょっと……そんなことあるわけ」

そこで思い出す、大和の右手にきつく巻かれていた包帯。昨日お風呂に入ったあとも、寝ている間も外したところは見なかった。外せなかったのだろうか。あれがその、選手を続けられなくなるほどの怪我だったということなんだろうか。

　でも、わたしが訊いたとき、大和本人がたいしたことないって言っていたんだ。どこが出処かもわからないような噂話を鵜呑みにするよりも大和のことを信じるべきだ。

　そうだよ、大和が大丈夫って、何もないって言ったんだ。それが一番確かじゃないか。

　……違う、そうじゃない。もっと確かなものがある。

　大和は何をしにわたしのところに来た？　なんで少しおかしかった？

　今、まるで逃げるみたいにここから離れた理由は、常葉が夢の話を——なくしたばかりの夢の話を、したから。

『千世のところ、神崎くんから何か連絡来てない？』

「聞いて、ない。わたしは何も。ごめんね」

『そうなんだ……あたしこそごめん、突然電話しちゃって。驚いたよね』

「ううん、教えてくれてありがと」

　電話を切って、携帯をポケットにしまった。急に静かになった場所で、しばらく立ち尽くしていた。呆然ってたぶん、こんな感じだ。

　そうか。大和はこれをわたしに言いに来たんだ。怪我をしたこと。もう、野球を続けられなくなってしまったこと。言おうとしたけれど言い出すことができなかったのは、きっと大和自身がまだこのことを受け止めきれていないからだろう。

受け止められるはずもない。大和にとっての野球が一体どれほどのものなのか、夢を持っていないわたしには到底理解できないほど、とても、とても大きなものに違いないから。

それはもう、それだけで、長い道のすべてを照らすほど。

「……あの、馬鹿」

ふつふつと、考えるごとに、何よりも強く湧き上がってくるのは苛立ちだった。

言い出せなかったのはわかる。でも、なんでこんな大事なことを言わずにいたんだって殴りたくもなる。あんたは何をしにわたしのところに来たんだ。他にはどこにも行けなかったんじゃないのか。

誰より苦しかったくせに。そのくせ、きっと、誰の前でだって泣けなかったくせに。何もないとか、言って。全然何もなくないじゃん。あんたにとって、何より大切なものの話なのに。

なんでわたしに話してくれなかったんだろう。

なんでわたし、気づいてあげられなかったんだろう。

「どうかしたのか、千世」

ハッとして振り向くと、常葉が自分の膝に頬杖を突いてわたしを見ていた。

「常葉、大和が」

「大和がどうした」

「大和が、怪我して……野球できなくなったって」

言葉にしたら、あまりにも簡単すぎて可笑しくなる。心の中だってそんなふうに簡単に片づけられたらいいのに。複雑すぎて、言葉にできないものばかり。

「そうか、なるほど。怪我が原因だったのか」

常葉が、足を組み替えて頬杖を突き直した。

「……なるほどって、何言ってんの」

「大和の夢が叶わぬものになっていた理由、なぜだろうと思っていたのだ」

そうして揺れた髪を、わたしは瞬きもしないで見ている。

何かが大きく、頭の中で鳴った気がする。

「……あんた、知ってたの？」

「ん？」

「大和の夢が叶わないって、常葉は知ってたの？」

訊くと、常葉は縦に首を振った。

「見ればわかる。大和の進む道は途切れていた」

「ふ、ざけんなっ！」

琥珀の瞳が見上げる。ひとつも表情を崩さないまま。

わたしはくちびるを噛んで、ぎゅっと両手を握り締める。

「あんた、知ってて大和にあんなこと言ったの?」

「あんなこととは?」

「大きな夢があるとか、夢を持ってる人が好きとか。あいつの夢がもう叶わないの知ってて!」

「嘘は何も言っていない」

ぐっと、喉の奥で息を止めた。言い返さなかったのは、言い返せなかったからではなく、何を言っても無駄だと思ったからだ。常葉にはわからない。どれだけたくさんの夢を知っていたって、常葉は神様なのだから。わたしたちとは違う。大きな夢を諦めなければいけない大和がその言葉にどれだけ傷ついたのか、常葉には、わからないんだ。

「……ねえ常葉、どうにかなんないの」

「どうにか?」

「あんた、夢を叶える神様でしょ。ねえ、大和の夢、叶えてあげてよ」

額の汗が目に入って沁みた。体中汗だくで、首がべたべたしていて気持ち悪い。なのに目の前の神様は汗ひとつ掻かずに、じっと、顔色ひとつ変えないままでわたしのことを見上げている。

「お願いだから叶えてよ。野球は、大和の大事な夢なんだって！」

「……」

「ねえ、常葉。お願い」

「無理だ」

静かな声だ。あまりにも静かだから気のせいかと思うくらいささやかなのに、確かに聞こえてしまった。

「大和の夢は叶えられない」

「なんで……」

「ほんのわずかでも、可能性があれば叶えられる。だが大和の夢は、完全に絶たれてしまっている。そのような願いは、おれでももう道を繋ぐことはできない」

「二度と？」

「ああ。二度と戻らない」

はっきりと、常葉は言った。

胸に、ぽかりと穴が開いた。体の中心からゆっくりと何かが抜けていく。もう苛立ちはしないし、悲しくもないけれど、大事なものがどこかに行ってしまったような。

でもわたしのは、まだとても小さな穴だ。これがもしも、もっとずっと大きかったなら、一体どうなってしまうのだろう。抱えていたものが大きいほど、穴も大きくて、空いてしまった部分も大きくて。きっと、空っぽなのにぐちゃぐちゃなひどい心の中。

「……ああもうっ！」

行って、どうにかなるものでもないなんてわかっている。それでも走ったのはそうするしかなかったからだ。何ができるかなんて考えもしなかったけれど、でも、大和がいない場所でひとりで泣くよりはずっといいような気がして、走って真っ赤な鳥居をくぐり抜けた。

「大和！」

昨日と同じ橋の上で、大和はひとり、欄干にもたれて立っていた。数歩手前で立ち止まったわたしの声に、顔だけをこちらに向けた。

「千世、どうしたの。そんなに急いで」

「どうしたのじゃないよ馬鹿。あんたを追いかけてきたんだって」

「心配しなくても、もうひとりで千世んちまで帰れるよ」

「そんなこと心配してないってば。そうじゃなくて」

「なんか、泣きそうな顔してるけど」

「それは、あんたが」

声を詰まらせた。本当に泣いてしまいそうになったのだ。でも絶対にまだ泣いては駄目だと思った。わたしが先に泣いたら、きっと、大和はもっと何も言えなくなってしまう。

わたしと大和の今の距離、わたしの足で何歩だろう、たぶん大和の歩幅ならもっと少ない数で隣に立てる。幼なじみのわたしたちはいつだってお互いのすぐそばにいた。でも本当はずっと遠かった。大和はわたしよりも遥か先を、真っ直ぐに振り向くことなく進んでいた。どんどん遠くなる背中ばかりをわたしは見ていたのだ。だけど今、大和は一体どこにいるのだろう。

「ねえ、その手、怪我したんでしょう」

大和が少し驚いた顔をした。でも、ほんの少しだった。

「なんだ、バレたのか。ごめん、言わなかったこと怒ってるんだろ」

「そんなこと、怒ってない」

「なら嘘吐いたこと怒ってる」

「だから怒ってないって言っててんじゃん！」

「怒ってるよ。千世は秘密ごとつくると、すぐそうやって大声出す」

「……言わなかったことも嘘吐いたことも、どうでもいい」

「じゃあもうおれが、野球をできなくなったことに」

大和は笑った。下手くそな笑い方だった。わたしは笑えない。怒ることもできない。

こんなとき、どんな顔をしたらいいのかわからない。

「ねえ……本当に、野球ができなくなるほどの怪我なの？」

「うん。グローブをはめられないし、バットも握れないんだ。骨がぐしゃぐしゃになってるから、手術はしたけど、今までどおりには戻らないって」

「あんた、怪我には注意してるって言ったくせに、なんでそんなひどい怪我したの」

「許してよ、避けられなかったんだ。事故みたいなもので、練習中に不意に飛んできたボールにあたっちゃって」

「じゃああてた奴は誰なの。そいつのせいってことでしょ」

「違うよ、わざとじゃないんだから。誰も悪くない」

「どうにかならないの」

「どうにもならないよ」

馬鹿だと思った、自分のことが。どうしてこんなくだらないことしか言えないんだろう。意味がないどころか大和を傷つけることばかりで、何ひとつ気の利いた言葉をかけることができない。これなら何も言わずに勝手に泣いていたほうがずっとマシなくらい、馬鹿で最低でクズでまぬけだ。誰も責められないことも、もうどうしようもないことも、大和に訊くまでもなくわかっていたくせに。わたしは、こんなことを言うために追いかけてきたわけじゃないのに。

「大和……あんたわたしのところに、それを伝えに来たの？　それとも逃げてきたの？」

「……両方かな。手術、終わって病院出て、母さんと実家に戻るつもりだったけど、一度寮に寄ってくるって言って母さんと別れたんだ。そのまま誰にも言わずにここに来た」

「……」

「でも、昨日千世のおばさんにうちの母さんから連絡入ったみたいだから、もう居場所はバレてるけどね。おれが千世のとこしか行くとこないのわかってたんだろうな。わかってて、好きにさせてくれてる」

——あんたはさ、どんなときでも大和くんの隣で大和くんを応援してあげなさいね。

そうか、あのときお母さんはもう知っていたんだ。だからああ言った。わたしなんかに、できるかわからないことを。

「ごめんな千世、おれは夢を叶えられなくなった」

大和が顔を背け、目を伏せる。

「かっこ悪いよな。あたり前みたいにプロになる気でいたのに、こんなことであっさり夢、諦めなきゃいけないなんて。応援してくれた人たちにも申し訳ないよ。おれはみんなのことを裏切ったんだ」

「そんなことないよ、大和。そんなこと誰も思わない」

「そうだ、みんなそう言う。優しいこと言ってくれるんだ。止めてくれよ、責めてくれたほうがマシなのに。憐（あわ）れんで慰めてくれたって何も取り戻せやしないんだから」

「……」

「おれ、もう何もなくなったんだ。それだけだったんだ。それだけ目指して、今まで歩いてきたから。他なんてない。たったひとつだ」

「大和」

「ごめんね、千世。ごめん」

「謝らないでよ馬鹿、なんでわたしに謝るの」

「ごめん……なあ千世、どうしたらいいかな」

大和がぽつりと呟いた。それと同時に、俯いた横顔から雫が落ちた。

いくつも、連なって落ちた。

「おれはもう、歩けない」

息もできなくなるほどに、それはわたしにとって衝撃だった。

大和が泣いていた。落ちた涙を拭うこともできないままどうしようもなく。

大和が、泣いているなんて。

「どこにも行けないんだ。目指していたものがなくなって、真っ暗で、前に進めない」

「……大和」

「何も見えないよ、千世。おれ、どうしたらいいのかわかんないよ」

はじめてだった。大和がわたしの前で弱音を吐いたのは。これまでどれだけ大変な日々だってたったひとつの泣き言も零さなかった大和が、こんなにも泣いているなんて。

一体今まで、どれほど悲しくて、痛みに苦しみながらも、必死で涙を堪えていたんだろう。もう、流れてしまった涙を止めることもできないくらい、きっと、立っているだけで精一杯な今。

それなのにわたしは、大和のことを、何もできずにただ見ている。何もできないどころかかける言葉すら見つけられないまま。

何を言えばいい？　どうしたらいい？

どれだけ考えても浮かんでくる言葉は薄っぺらで、本当に伝えたいことはカケラも伝わらない気がしてしまう。そもそも本当に伝えたいことがなんなのかすらよくわからない。

だって、夢を持ったことのないわたしが、大きな夢を諦めた人の辛さなんて理解できるわけないんだから。知ったかぶってありきたりなことを言ったところできっとひとつも届かない。思いを込めた言葉じゃないと相手の心には届かない。

無理なんだ。道に迷うばかりで進もうともしてこなかったわたしが言えることなんて何もない。大和が、泣いているのに。こんなときまで何もできない駄目な自分に腹が立つ。

わたしは、何も知らないから、気持ちをわかってあげられない——

「まったく、みっともない顔だな、おまえたち」

振り返る。橋の向こうで、常葉が腕を組んで立っていた。

風に、羽織を揺らし、髪を揺らし、常葉はわたしと大和を見ていた。

「……常葉」

「何を泣いているんだ大和。何を、そんなに悲しむことがある」

大和が顔を上げ、まだ涙が盛り上がっている瞳で睨むように常葉のほうを向く。

「夢破れたのが悲しいか。何も見えぬほどに辛いのか」

「あなたには、関係ないだろ」

「関係ないが、関係ないものもすべて見守るのがおれの仕事だ」

——カラン、コロン。

常葉が一歩足を進めるたび、軽やかな下駄の音が響く。

何をしに来たんだと、言うところだったかもしれない。だけど言えなかったのはどうしてなのかよくわからない。わたしは、わたしを追い越していく常葉のことを、ただじっと見ていた。

「なあ大和。諦めるのはかっこ悪いと本当に思うのか」

「……」

「努力し続ければすべてが叶うなど、そんな綺麗ごとはこの世にはないよ。辛いが、そういうものなのだ。それなのに、諦めた者には厳しい世だな。本人が誰より苦しいことを誰も知らず、攻め立て、憐れむ。諦めることがどれほど勇気と覚悟のいることか、誰も知らずに」

下駄の音が止まった。常葉が右の手を、ゆっくりと大和に向けて伸ばす。

「目を閉じるな大和。たとえ今は辛くとも耐えろ。立ち止まることを選んではいけない」

「……うるさい」

「前へ行く道がないならば、後ろへ戻ればいいだけだ。おまえが歩むための道しるべは無限にあるわけではない。だが、たったひとつでもないのだ。まだ道はある」

「あなたに何がわかるんだ……おれの何が！」

「わかるさ。おれは夢を守る神だからな。すべて見えている。なあ、大和、なぜおまえには見えないいんだ」

それは、ほんのわずかな仕草だった。

伸ばした腕を翻して、手のひらを上に向けただけ。それなのに、我慢した涙が一気に溢れてしまったのは、常葉の手のひらに浮かんだ光が、これまでに見たどの願いよりも強く、大きく、輝いていたせいだ。

その光は、涙を溜めた大和の瞳にも同じ輝きのままで映っている。

「なんだ、それ」

「言わずともわかるだろう。知らないはずがない。大和、これはおまえが長い間ずっと大切に持ち続けていたものなのだから」

「おれが、ずっと」

「なあ大和。今も、これほどまでに強く美しく輝いているのに、おまえには、この光が見えないのか？」

とても大きな、まるで太陽のように遥か遠くまでも照らしてくれる、今も強く輝く光。

——消えはしない。言っただろう、いつまでもそばで見守っている。

——願いは終わっちゃっても？

——願った夢は消えないからだ。

大和にとってその夢は、小さな大和の世界を照らす太陽だった。ずっとずっと小さい頃から、それを目印に追いかけて、振り返りもせず歩き続けてきたのだ。誰より明るく照らされた、その夢へ向かう真っ直ぐな道を。

「おれの、夢」

なくなるなんて思いもしなかったのは、なくなるはずがないからだ。だってこんなにも大切に願い続けてきた強い光なのだから。

「そうだ。おまえの夢だ」

「なんで……消えてないの」

「夢とは、届かないものになっても消えたりはしない。たとえおまえがこの夢を忘れ、いつか本当に見えなくなったとしても、それでも輝きおまえを見守り続ける。これから先も、おまえが真っ直ぐに歩いていけるように。どこまでも行けるように。決して道を見失わぬように。いつだって、おまえの背を見守っている」

静かな風が吹いた。光が、ふわりと空へ浮かぶ。

「叶うことはなくとも、傷ついて苦しんで、それでも立ち上がり前へ進むおまえを、この夢はいつまでも遠くで支えてくれるだろう。さあ、目を開けろよ。暗いと思っていた空は、本当におまえが思うように暗いか？　たったひとつの星もないか？　そんなはずはない。おまえが目指し続けた光は、確かに今も輝いている。そしてまた別の強い光も必ず見上げた先にある。おまえの痛みがおまえにしかわからないように、そうして見えた輝きは、すべて大和、おまえだけのものだ」

青い空に、ひとすじ。光の線が、薄く伸びる。

遥か遠く、彼方へ昇る、叶うことのなかった夢。だけどそれは永遠に輝き続け、これから先も歩みを止めずに前へ進む背中を見守り続けてくれる。険しい道を行くときも、寒さに震えそうになるときも、また立ち止まってしまうときも、いつまでもすぐそばで、光る。

「何もかも、終わったわけじゃないのか？」

「繋がっている。まだおまえの道はどこまでも」

「……こんなに苦しいのに、おれはまた立ち上がれる？」

「おまえに進む意志があるのなら」

光は、あっという間に空に溶けて見えなくなってしまった。大和の中では今も、輝き続けているのだろう。

「大和、おまえの願い、聞き届けた」

何も見えなくなった空に常葉が呟いた。大和は空を、いつまでも見つめていて、もう涙が止まった目を、眩しそうに細めていた。

届かなくなった、大切な夢。その夢への道は途絶えても、歩みの終わりまではまだ他にいくつも道がある。その別れ道の元へ戻るには時間がかかるかもしれないけれど、確かに繋がっているのだから、もう一度歩き出せばいい。それがどこへ続いているのか、どこまで続くかはわからない。でも、先の知らない道を歩むなら、それはすべてがはじめの一歩だ。踏み出していくだけ。新しい一歩を。

「大和」

顔を拭って鼻水を啜った。振り向いた大和に、わたしは右手を突き出した。

「一緒に歩こうよ。わたし、引っ張ったりできないし、また遅れるかもしれないけど。行けるところまで一緒に行こう。大和がまた、自分の道、ちゃんと歩いていけるまで」

頼りないのは自分でもわかっている。励ましのひとつでも言えたらいいのにと思う。でも、とてもじゃないけどそんなことは言えないから、今一番、言っておきたいことだけ言っておく。かっこよく誰かの手を引いてあげたりだとか、後ろから支えたりとかはできないけれど、きっと同じ歩幅で歩くことならなんとかやれそうな気がするから。それであんたが喜ぶかどうかは知らない。でも、笑ってくれたら安心する。

「……千世」

「大和の苦しみ、わかんないけどね。わたしなんて諦める夢すら持ってないんだから。でもわかるんだよ。だってわたしも、大和の夢、すごく大事だったから」

「ん、知ってる。ありがと」

大和の左手がわたしの右手を取った。わたしのなんかよりずっと大きくて頼もしいそれを、心許ない小さな手で、離さないようにぎゅっと握る。

「ありがと、千世。たぶんもう、大丈夫」

「うん」

「常葉さんも。あなたは神様だったんだな。どおりでどこか変な人なんだ」

「変とは失礼な。だが大和なら許してやろう。千世なら祟っているところだが」

「なんで大和はよくてわたしは駄目なんだ！」

「うるさい。おれは大声が嫌いなんだ。黙れ」

「ふたりとも、喧嘩はするなよ。仲よくしなきゃ」

「大和がそう言うならば致し方ないな」

「何だそれ。なんであんた、大和にだけ甘いの」

「ありがとうな常葉さん。あなたはいい人だな。人じゃなくて、神様なんだっけ」

「おれを崇めたいのなら献上品はまんじゅうがおすすめだ」

「はは。うん、わかった」

そう言って笑う大和の横顔を、呆れながら見上げた。そうしたら、いつかもどこかでこんな顔を見た気がするなと考えて、ああそうだと思い出す。ゲームセットの声が響いて、マウンドで左手を突き上げながら、空に向かう、あのときの顔。あのときの顔と同じ、大和は今、満面で、笑っている。

第七章　雨上がりのち晴れのち雨

大和が帰ってから五日が経った。それからようやく連絡が来たのは今日の朝だ。大和の手は、やっぱりこれまでどおりに治ることはなく、大和は野球を諦めるしかなかった。だけど、野球部は最後まで続けるらしい。大好きな野球ができないのに、そばにいることは苦しいけれど、でもやっぱり野球が好きだからと、大和は言っていた。学校にはスポーツ推薦で入っているものの、もともと勉強もできて成績もいいから退学なんてことにはならないようだ。大学に進むために、これからもっと勉強を頑張るつもりらしい。

大和は少しずつ歩き出している。きっとまだロクに心の整理なんてできていなくて、ぐちゃぐちゃなままなのだろうけれど、それでもどうにか足だけは前に進めようとしている。これからどこへ向かうのか、それはまだわからない。だけど今、大和が立っている道の先には、いくつもの新しい道が、広がっているはずなのだ。

今日は久しぶりの雨で、傘にお洒落長靴スタイルで神社に向かった。手土産はあずきのアイスだ。前に一度食べさせたら『あんこがアイスに！』とやけに感動していたからまた買ってきてみた。常葉はどうやらあんこが好きらしい。だから和菓子が好物

なんだな。

降り続く雨の中、石段をのぼりきって赤い鳥居をくぐる。だけどお社に常葉の姿はなかった。最近はこうしてわたしが来てもいなかったり、もしくはすぐにどこかに行ったり、ずっと姿を見せないこともしばしばある。

「もう、常葉の分のアイスも食べちゃうからな」

傘を畳みお社に腰を下ろして、コンビニの袋からアイスをひとつ取り出した。あずき色のこの甘いアイスはわたしもお気に入りだ。

今日の雨は明日には止むものの、夜に向けてはだんだんと雨足が強くなると天気予報で言っていた。降ってくる雨を見上げながら買ってきたアイスをひとりで齧った。

そういえばこの雨は、はじめて神社に来たときの様子に似ている。まだ梅雨に入ったばかりのあの日も、突然の土砂降りになって、わたしはびしょ濡れになりながらこの神社に逃げ込んだ。そうして見つかったのだ、少しおかしな神様に。

「いいものを食べているな千世」

「うわぉうっ！」

気がつくと隣に常葉が座っていた。そしてわたしになんの確認もなく早速ビニール袋の中を漁りはじめる。

「ちょっと、気配消して近づかないでよ、びっくりするから」

「油断している千世が悪い。どん臭い奴め。お、あずきじゃないか！」

アイスを見つけた常葉は予想どおり大喜びだ。手ぎわよく包装を破ってぱくりとひと口齧り、なんとも幸せそうな表情を浮かべアイスの甘みを噛み締める。常葉は、以前はよく手こずっていたものの、最近は棒の刺さったアイスも食べ慣れてきたようで、落とすという不幸に見舞われることなく最後まで食べきれるようになった。

周囲はすっかり雨の匂い。当然人は誰もいない。

「残念だ、今日はあたりじゃなかった。何も書いていない。つまらん」

「このアイスにはもともとクジなんて付いてないよ」

「そうなのか。けちだな」

「そんなこと言ったらメーカーさん怒ってもう売ってくれないよ」

「自らを安売りしないとは誇り高いのだな。素晴らしい」

常葉が食べ終わった頃には、水はけのいいはずの神社の敷地もまるで海みたいになっていた。まだ太陽はほぼ真上にいる時間帯のはずなのに、空は分厚い雲のせいで暗く重い雰囲気を醸し出している。だけど嫌な感じはない。晴れの日もあれば、こうやって雨の日だってあたり前にある。悪くはない。そのうち晴れる。それもあたり前なのだ。

「ねえ、大和が常葉にありがとうって伝えておいてって」

空を見上げる常葉に言った。今日は雨を止ませる気なんてないのだろうが、それでも常葉はじっと雨の降る空を見上げている。

「そうか、大和が」

「今度来たときに三波屋のおまんじゅう買ってくるって」

「いいことだ」

「わたしさ、常葉のこと、ちょっとすごいなって思ったんだよね」

常葉が振り向く。そのほんの少しの仕草でも優雅に見え、こういうところだけはやはり常葉は神様なのだなと思ってしまう。

「わたし、大和に伝えたいことが何か全然わかんなくって、大和が泣いてても何もできなかった。せっかく走って追いかけたのに、まったく役に立たなくてさ。常葉には怒鳴っておいて、自分こそふざけんなって感じ」

「確かに怒鳴られたのには少ししょげた」

「ごめんて。あのときは本当に腹立ったんだもん。でも、常葉は結局、大和を救ってくれたんだよね。わたしには言えなかったこと、大和がもう一度ちゃんと立ち上がるためにはきっと必要だった言葉を常葉が言ってくれたから、大和は今また、頑張ろうとしてる」

「大和が頑張っているのはおれの力じゃない。大和の力だ」

「そうだけど、でもやっぱり、常葉がしたことはわたしにはできないことだったから」

あのとき、わたしは大和がどんな気持ちでいるのかがわからなかった。夢を持ったことがないわたしは、夢をなくしたこともないから、何をして何を言えば大和の思いに寄り添えるかがわからなくて、結局何も言えなくなった。

「なんとかしたいって思いながら、でも駆け寄ることすらできないんだもん。ずっと近くで見てきたつもりだったけど、本当は何ひとつ大和の気持ちなんて理解できてなかったんだよ」

「そんなものできなくて当然だ。理解できるほうが少ないだろう。人の心は、伝え合うのは難しい」

「でも常葉は言ったよね、こっちの心を言葉に乗せれば相手の心にも届くって。わたしは本当は、そういう言葉を大和に伝えたかったんだ。常葉が大和に言ってくれたように」

「そうだな。だからこれからは、おまえがやればいい」

琥珀色の瞳が、ゆっくりとひとつ瞬(まばた)きをする。

「おれのしたことを、これからは千世がやれ。いつか大和が再び立ち止まることがあれば、そのときはおまえが大和に寄り添ってやるんだ。言っていただろう、共に歩むと」

「でも……本当にできるかわかんないよ。あんなの言ってみただけで、わたしなんかにやれるのかな」

「できるさ。千世はそういう奴だ」

常葉が笑う。そういう奴ってどういう奴か全然わからないけれど、そういえば常葉は、どうしてかいつもわたしに変なところで期待をしている。普段はどん臭いだとかポンコツだとか言うくせに、自信がないときに限って大丈夫だと背中を押してくるのだ。その期待にまともに応えたことなんてロクなかった気がするけれど、どうしてまだ、わたしにできるだなんてことを言ってくれるのだろう。

「大和の心なんてわかんないけど、それでもできると思う？」

「心など、誰も分かち合えはしないよ。心は自分だけのもの。喜びも痛みも自分だけのものなのだ。いいか千世。だから、誰かが笑ったときは自分も笑え。涙を流したときは泣け。歩みを止めれば立ち止まって肩を組み、歩き出したら手を繋げ。そうして進んでいけばいい。分かち合うのではなく、そばに。もしも大和がまた道を見失えば、おまえがそうして、隣にいてやれ」

簡単に、言うけれど。たぶんそれってそんなに楽なことではない。だから絶対にできるだなんて、自信を持っては言えないけれど、たまにはその期待に、応えるつもりで答えてみても、いい気がした。

「わかった」

「ああ」

「頑張ってみる」

「ああ。大丈夫、きっとできる」

雨はまだ止まない。夜まで降り続ける。でも明日の朝には止むらしい。残念だ。昼のうちに止んでくれれば、きっと虹が見えたのに。

なんだか、不思議な夢を見た。
たぶんそれは夜で、だけどお祭りみたいなことをやっていてあたりはとても明るかった。子どもも大人も浴衣を着て、立ち並ぶ屋台の間を歩いている。常にどこからか太鼓や笛の音が聞こえていた。小さな舞台の上で踊っている人たちがいて、そのまわりで手を叩いている人もたくさんいた。遠くで花火の音も聞こえる。空に綺麗な花が咲く。
奥に行くと、大きな笹飾りを見つけた。大勢の人がその下に集まって、何かを笹にぶら下げている。色とりどりの短冊だった。短冊には言葉が書かれている。それぞれ違う、みんなの願いごとだ。

誰もが笑顔でその場にいた。楽しそうに、天に願う夢を一枚の短冊に託していた。そして、その幸せなざわめきを、誰よりも嬉しそうに眺めている人がいる。一番奥のお社で、祭りの様子を静かに座って見守っているのは、星の色の髪をした美しいこの神社の神様。

ああ、そっか。この夢は、常葉の思い出なんだね。

不思議と、なんの迷いもなく気づいた。これは、遠いいつかの大切な思い出なのだと。常葉の、心の中に残る記憶――

「てかさ、神崎くん来てたんなら教えてよね」
昨日の大雨が嘘みたいにすっかり晴れた空の下、商店街の名物になりつつあるぷちころ焼きを頬張りながら紗弥が言う。
「それは悪かったけど、でもどうせ教えたところで意味なかったじゃん。大和はもう高校野球のスターじゃないよ」
「でも会いたいんだもん。あたしがファンなのには変わりないし。ぶっちゃけ顔が好きだし。絶対サインと写真ほしい！　会えたら一緒に撮ってもいいかなあ」

「写真まで！」

大和は絶対嫌がるだろうなと、向けられたカメラから逃げている姿を想像しつつ、紗弥と同じようにぷちころ焼きで頬を膨らませた。今日わたしが買ったのはチーズ入りのあんこで、最近はこれが一番お気に入りだった。あったかいあんことトロトロのチーズが相性抜群なのである。

「しかし真夏に外で焼き立てほかほかのもの食べるのも辛いねえ」

紗弥がくちびるの端からはみ出たカスタードクリームをぺろりと舐めながら言う。

「だったら別の買えばいいのに」

「だっておいしいもん。あたしは甘くておいしいものに目がないのだ」

「知ってる」

実に人畜無害な会話をしているわたしと紗弥。そんなわたしたちが夏休みにもかかわらずかっちり制服を着込んでいるそのわけは、もちろんふたり揃って補習を受けてきたからだ。期末テストでふたりとも数学と英語で赤点を取り、ただ今それぞれの制裁を無事に終えたところである。

「いやあ、苦しかったけどこれで終わり！　真の夏休み到来！」

「あとは遊ぶだけだね」

「千世は夏休み、どこか行く予定とかあるの？」

「ううん、甲子園にはもう行かないから、特にないなあ。今年はおばあちゃんちにも行かないし」

「じゃあさ、今年は花火、一緒に見ようよ」

「花火？」

「うん、もうすぐやるんだけどさ。うちの町の花火大会」

そういえば前に常葉がそんなことを言っていたっけ。祭りはなくなってしまったけれど、花火だけは今も夏に打ち上げられているとか。

「結構すごいんだよ。河川敷で打ち上げるんだけど、町のどこからでも見えるし、数も多くて」

「行きたいなあ。わたし去年は見られなかったからさ」

「おお！　じゃあ、浴衣着ようね。花火見に行くには必須でしょ！」

「浴衣かあ。中学のときに着てたやつ、まだあるかな」

「あと、どこで見るかだよね」

「紗弥はいつもどこから見てるの？」

「花火の日だけ解放してくれるからいつも中学の屋上に行ってたけど、でもよく見える分混むんだよなあ……あ、そうだ、あそこ！」

　ぴんと紗弥が人差し指を伸ばし、わたしを指した。

「千世のとこ行こうよ！」

「え、ウチ？　いいけど高台に行ったほうがよくない？」

「千世んちじゃなくて、ほら、神社だよ」

「神社、って、常ノ葉神社？」

「ばあちゃんが確か前にぼそっと言ってたんだよね。本当はあそこが一番よく見える、っていうか、あの神社からよく見える位置から花火を打ち上げてるんだって。あたしは友達との付き合いがあったから、言うこと聞かずに学校のほう行ってたけどさ。誰もあんな裏道の神社行かないし、そもそも知らないし。でも、だからこそ超穴場スポットってことでしょ。学校よりもずっといいじゃん」

「なるほど」

　確かに、神社でやるお祭りに合わせて花火を打ち上げていたなら、あの神社からならどこよりも綺麗に見えるはずだ。それに、神社に行けば構ってほしがりの神様も喜ぶ。常葉はわたしが花火を見に行ったと知ったら「おれも誘えよ」と拗ねそうだから最初から一緒に見てあげるのが一番だ。賑やかで楽しい町の中で、神社にひとりだけというのは、少し寂しいだろうから。

「うん、そうしよう。商店街でおやつも買い込んでさ」

「いいね、あたしもなんかつくっていくよ。そうだ、神崎くんも呼べないかな」

「大和？　来てくれるかなあ……呼ぶのはいいんだけど」

「やった！　色紙買っておかなきゃ」

嬉しそうにはしゃぐ紗弥に、たぶん来ないと思うよとは口が裂けても言えなかった。あまり期待はできないけれど、とりあえず誘うだけ誘ってみるか。

「じゃあ千世、またね」

「うん。ばいばい」

商店街で紗弥と別れ、そのまま神社に続く路地裏へ行くつもりだったけれど、ふと思い立って踵を返し三波屋まで戻った。ここ最近、暑くてアイスばかり買っていたから、おまんじゅうを手土産にしていなかったのだ。そろそろ常葉が恋しがる頃だろう。大和のことのお礼も兼ねて、買っていってやることにしよう。

三波屋は商店街の学校に近いほうにある。夏休みに入ってからも補習があるたび前を通っていたけれど、店に立ち寄るのは久しぶりだ。扉を開けると変わることなくおばちゃんがカウンターの中で店番をしていた。

「あら千世ちゃん、いらっしゃい。久しぶりね」

「こんにちは。ちょっと来てなくてすみません」

「いいのよ。暑くなったし、おまんじゅうよりアイスとかかき氷のほうが食べたくなるもんね」

「えへへ……」

　おばちゃんするどいな。笑ってごまかしながらショーケースを眺めた。買うものは決まっていても、ずらりと可愛らしい和菓子が並んでいるとどうしてもひとつひとつ見てしまうのだ。

「なんか、商品増えましたね」

「そうなのよ。最近いろいろ開発しててね。ほら、駅前口と反対のほうに最近若い子に人気のお店があるの知ってる？　可愛いおやつを売ってるところなんだけど」

　たぶん、元まずいたこ焼き屋さんのことだ。

「あそこの奥さんの相談で最近いろんな餡を試してたら、うちでも新しいのつくってみようってことになって」

「へえ、そうだったんですか」

　なるほど。奥さんは三波屋とタッグを組んでいたのか。そりゃ最強だ。

「千世ちゃんは、今日もいつもの上用まんじゅうだよね」

「はい。でも新商品も、また今度買いに来ます」

「あら、ありがと。はい、今日のあんこはいい出来だから、きっといつも以上においしいよ」

「本当ですか。楽しみだなあ」

受け取った紙袋は軽い。しかしその価値は実際の重さよりも遥かに重い。金額で言っても数百円というお手頃価格ではあるのだが、このわたしが少ないお小遣いをはたいてわざわざ自分以外の分も買っているという事実だけでどんな宝石にも勝るほどの価値あるものになっているのだ。常葉はいつも、当然のようにわたしの手土産をうまうまと食べてしまうけれど、これは決して神様への貢物などではなく、心優しい女子高生から寂しい暇人への善意なのだとわかってほしい。

なんて、思ったところで常葉には伝わりっこないだろうけれど。きっと今日もなんの気なしに頂いてしまうのだろうし。そしてこれからも。

「そういえば千世ちゃん、夏休みなのに制服なのね」

「あ、えっと、午前中補習受けてて、あはは……。でも今日で終わりなので、これからが本当の夏休みです。めいっぱい遊びます！」

「うん、せっかくなんだからたっぷりお友達と遊ばないとね。今日このあとも？」

「今からはひとりで神社に行ってきます。そこでのんびりおまんじゅう食べようかなって」

「あら、神社？　って、もしかして、商店街の裏の常ノ葉さん？」

「はい。知ってるんですか？」

「ええもちろん。でもそっか、だったらなおさら思い出すなあ」

「思い出すって？」

「千世ちゃんいつもうちの上用まんじゅう買ってくれるじゃない。実はもうひとりなじみのお客さんでそればかり買っていってくれる人がいたんだけど、ちょっと前に亡くなっちゃってね」

おばちゃんは眉を下げて、少し寂しそうな顔をする。

「その人ね、いつも常ノ葉さんにお供えするために買ってくれてたのよ。なんでもあの神社にいる神様は、甘党でおまんじゅうが好きらしくて。うちのを気に入ってるってその方は仰ってたわ。まあ神様に気に入ってもらえるなんて光栄よねえ」

「……そうなんですか」

きっと安乃さんのことだろう。安乃さんは随分前から常葉が神様だと気づいていたのだ。おばちゃんは冗談交じりに言っているし、安乃さんの話もそのように受け取っていたのだろうけれど、本当にあそこの神様は三波屋のおまんじゅうが大好物で、そうと知った安乃さんはいつも、このおまんじゅうを持っていってくれるようになった。

「長いこと来てくれていたお客さんだったから、来なくなったのはやっぱり寂しいわね。それに、常ノ葉さんへのお参りにもよく行っていたから、常ノ葉さんも寂しくなるでしょうに」

「あの、常ノ葉神社って、よくお参りに行く人ってその人の他にはいないんですか」

「そうねえ、わたしも近くだけどもう長いこと行ってないしね。あそこは随分前に、管理してた神主さん一家の跡取りがいなくなってね、それからは余所の神社の人が兼任してくれてて、境内の管理も町の人間でしてるけど、常に人がいるときと比べるとどうしてもさびれてしまうものだから。町の様子が変わるのに合わせて、神社に参る人もなかなかいなくなっちゃって。それに今どき、若い人なんかは特に、有名なところならともかく町の神社になんて参拝しないでしょう」

「ま、まあ確かに」

「だから千世ちゃんは偉いわねえ。おばちゃんが知ってる人の中では、昔と変わらずあそこに参っていたのは、亡くなった方だけだったから」

「そう、ですか」

　本当は、聞くまでもなくわかっていたのだけれど。だって今、常ノ葉神社に通っている人は、わたしだけしかいないのだ。ユイちゃんやたこ焼き屋のおじさんも来てくれたけれど、神社に通い神様の相手をするのは安乃さんしかいなかった。安乃さんだけが何十年も、変わらず神様のことを信じ続け、神社に通っていたのだ。

「でも、ちょうどいいと言っちゃえばちょうどよかったのかもしれないね。最後に神社に通ってたあの人がこの時期に亡くなったことって」

おばちゃんがため息交じりに呟く。

「ちょうどよかったって、どういうことですか?」

「あら、千世ちゃんは知らない?」

わたしが首を傾げると、おばちゃんは少しだけ眉を下げた。

「常ノ葉神社、もうすぐなくなっちゃうのよ」

「……え?」

「千世ちゃんの家のある南の地区の開発が終わったから、次は東の地区を再開発していくの。決まったのは結構前よ。住民説明会もきちんとあったからね。この商店街についても話が出ているけれど、ここはさすがにまだ協議中。でも、裏の神社は再開発区域に入ってるわ。あの一帯壊して、大きい道路つくったり住宅地にするんだって」

カウンターにもたれかかりながらおばちゃんは続ける。

「あの神社古いから、土地だけは広いでしょう。でも神主さんもいなくなっちゃって、氏子さんも減って、神社離れで参拝客もいなくなって。こんな状態だから、もう随分前から維持管理がままならなくなっているらしくって。って千世ちゃん大丈夫? 顔、真っ青だけど」

大丈夫、と、たぶん答えたと思うけれど、実際はよくわからなかった。だって全然大丈夫じゃない。頭を思いきり殴られた気分だ。

一帯を壊して、再開発するって。

あの神社がなくなってしまうって。

どういうこと？

「千世ちゃん、本当に大丈夫？　奥で少し休んでいく？」

「いえ……お構いなく……」

わたしのことなんてどうでもいい。それよりも常ノ葉神社がなくなるって、その急な話はなんなの。聞いてないよ。いや、急じゃないのか、決まっていたのか。わたしが、知らなかっただけで。

……ううん、違う。わたしも本当は知っていたんだ。前に紗弥が言っていた。わたしの家のある地区の開発に合わせて、このあたりの再開発の話も出ていると。聞いていたよ、聞いていたけど、それがあの神社にも関わりのあることだなんて夢にも思っていなかった。

常ノ葉神社が、なくなる。

ちょっと待って。じゃあそれって。それなら……神社がなくなったら、そこに住んでいる常葉は一体どうなるの？

神社は神様の家でしょう。それがなくなったら神様は一体どこに住むの？

空っぽの神社ならいくらでも壊せばいい。それにいちいち心を痛めるほどわたしは信心深くはない。でも、あの神社には確かに今も神様が暮らしているのだ。誰もいなくなっても、信じる人が減ってしまっても、それでも今もああして人が来なくなった神社で、お社に座ってのんびりしながら誰かが願いごとをするのを待っているのに。

　常葉は確かにあそこにいるのに。

　お社がなくなったら、常葉は——

「常葉！　どこにいるの！」

　通るなと言われている参道の真ん中を駆け上がり、赤い鳥居の下から大声で名前を呼んだ。お社に常葉の姿はいない。こんなときに、またどこかに行っているんだろうか。

「出てこい常葉っ！」

「なんだ騒がしい」

「うおぅっ！」

　振り返ると背後に常葉が立っていた。いつもと変わらない綺麗な澄まし顔でわたしを見下ろしている。

「千世、そこはおれの通り道だから通るなと何度言ったらわかる。おまえより狸（たぬき）のほうが千倍賢いぞ」

「ねえ常葉。あのさ」

「なんだ、慌てて走ってきて。犬にでも追われていたか」

「常葉、この神社が、なくなっちゃうって」

息が切れて苦しくて、それでも必死に声を吐き出した。汗まみれだ。握り締めた紙袋の中身も無事かどうか危うい。

でもそんなことよりも、早く伝えてどうにかしなければいけない。だって、こんなにも大変なことだ。

「そうか」

しかし常葉はひとつも表情を変えなかった。涼しげなまま、カランと下駄の音を鳴らして、日陰になるお社へ腰かけ、

「知っている」

と呟いた。

息を吸って、吐いた。額から落ちてきた汗が、睫毛を伝って涙みたいに落ちた。

「知ってるって……何それ」

「おまえには言っていなかったか」

「あんた、この話知ってたの？」

「もう随分前から決まっていたことだからな。秋にはこの社はなくなる」

「そんな」

嘘でしょう。秋なんてあっという間に来るよ。

この神社……お社も、手水舎も、鳥居も楠も何ひとつ残さず壊されて、ここに神社があったことすらいつか忘れられるくらい、まったく別のものができて、今わたしが見ているこの景色が——森の中の古いお社に神様が座っている、あたり前のようになじんでしまったこの景色が、消えてしまう。

そんなふうになってしまうこと、常葉はずっと知っていたの？

「ねえ、どうするの」

「何がだ」

「だってこの、常ノ葉神社がなくなっちゃうんだよ。どうにかしなきゃいけないじゃん」

知っていて、常葉はなんでそんなに平気な顔をしているんだろう。もっと焦っていいし怒ったっていいのに、なんでこんな大事なことを知っていて、ひとりで黙って何もないような顔していたの。わたしにだって、ひと言も教えてくれないで。

「千世、おまえが誰にどう聞いてきたのかは知らんが、別に、社が完全になくなるわけではない」

「え、そうなの？」

「町が新しくなるのだ。新しく生まれ変わった町の中に、新しい社も建つ。ここより狭くはなるそうだが、場所が変わるだけだ」

「……つまり、なくなるんじゃなくて、引っ越すだけってこと？」

「そうだ」

なんだ、そういうことか。確かに今は難しいらしい維持管理にしても、土地が狭くなれば楽になるだろう。参拝客を増やすのは簡単ではないけれど、綺麗なお社や鳥居を建ててもらえるのであれば、雰囲気も変わって人も来やすくなるかもしれない。神社を存続させるのなら、無理してこの場所を守るよりも移転したほうがいいと考えたのだろう。神社を潰すと聞いたときはなんと罰あたりなと思ったが、考えてみると、決して悪い判断とは思えない。

そうか。よかった。神社が、なくなるわけではないんだ。

この神社の景色はなくなってしまうけれど、それよりも大事なものが残るのなら、よしとするべきだ。

「でも、そうなると、常葉もそっちに行っちゃうんだよね。いつ頃できるのかな。どのあたりになるんだろう。新しい場所の住所は決まってる？　自転車で行かなきゃいけなくなるかもしれないね」

それでも結局は同じ町の中だ。少し引っ越すだけならこれまでとそう変わらない。

今までどおり遊びに来て、おやつを食べて、くだらないお喋りをしたり喧嘩をしたり、神様の仕事の手伝いをしたり、そんなふうにして過ごせるはずだ。

でも、常葉はどうしてか、じっと黙ったまま。

ほんの少しだけ、ようやく、寂しげな顔をした。

「千世。神とは、どこに住まうのだと思う？」

急に訊かれて、戸惑いながらも目の前の古い建物に人差し指を向ける。

「お社でしょ。ここが神様の家なんだから」

「違う」

ひと言常葉は呟いた。それからゆっくり目を細める。わたしはその視線を追いかけて振り返った。見えたのは、真っ赤な鳥居の向こうの、この町の景色。

「神とは、その土地に、そして土地に暮らす人々の心に生きるのだ。人々の祈りによって生まれ、信じる心に生かされる。それがなければいくら社が建てられようと、神はそこには存在しない」

静かな常葉の声は風の音よりも通って聞こえる。まるで違う空気の中を泳いでいるみたいに、わたしの中へ届く。

「ここは、人がいなくなってもう長く、唯一足を運んでいた安乃も死んでしまった。人はもうおれを必要としていないのだ。この土地に、神は必要なくなった」

「そんなこと……」

「事実、おれにはもうほとんど力は残っていない。人と関わりたくて姿を見せていたが、それすらままならないほどに近頃は弱くなってきているのだ。直にすべて尽きる」

いつか常葉が半分透けていたのに驚いたときのことを思い出した。いつの間にかいなくなったり、随分経ってから現れたりすることも多かったけれど、あれは姿を見せることができなくなっていただけで。

常葉はいつも、そばにいたの？

「……力が尽きたら、常葉はどうなるの」

「それが最期だ。この社と共におれは消えるだろう」

「消えるってのは、もうわたしには一切常葉の姿が見えなくなるってこと？」

「そうではないよ、千世」

振り返って見た常葉の表情に寂しさはもうない。悲しみも怒りもなく、拍子抜けするくらいにあっさりとしている。でも、わかっている。消えるということは体が透けてわたしに見えなくなることとは違う。いなくなるんだ。この世から消えてなくなってしまう。人が、死ぬのと同じに。

本当に、いなくなってしまうのだ。

「……常葉は、それでいいの？」

琥珀色の目がわたしに向く。

「だってそんな、酷いよ。ここの人たちはきっとずっと昔から、今までいろんなことを常葉に頼ってきたくせに。勝手にお参りしなくなって、自分たちの都合でお社壊そうとして。神様のことを考えもしないで」

「社ならまた新たに建ててくれる」

「でも、常葉がいなくなるならなんの意味もないよ。お社だけ建てたって、空っぽだったらなんのために建てるの？　こんなの、絶対おかしいよ。常葉はもっと悲しんだり、怒ったりしたって」

「いいんだ、千世」

常葉は首を横に振る。

「おれは人のために存在する。人のために生まれ人のために働き、そしてそれがおれ自身の幸福にも繋がる。かつては、人は生き抜くための力を神であるおれに求めた。だが今はどうだ、どんな困難も人は自らの力で打破し前へ進めるようになった。人が神を必要とせず自身の力で歩んでいけるようになったのならば、それはそれで、おれにとって喜ばしいことなのだ」

常葉はそう言って、くちびるを結ぶわたしに向かい微笑んだ。

腹が立ったのは、その言葉が常葉の本心だったからだ。笑顔も言葉も無理して繕(つくろ)っているならよかったのに、常葉は本気でそんなふざけたことを思っている。

「……勝手なこと、言わないでよ」

手のひらをぎゅっと握る。湧き上がるのは怒りだけじゃない。

「あんた、まだわたしの祟り解いてないくせに！　わたしちゃんと覚えてるんだから、勝手にひとりで消えようとしないでよ。祟られたまんまで、わたし、どうしたらいいっていうの」

はじめてこの神社に来た日、常葉に理不尽に祟られた。夢を持たないわたしが、夢とは何かを見つけるために、自分自身を人質にされこの神社へ来ることを約束させられたのだ。

わたしは今もまだ、夢なんてものは見つけられないでいる。だからあの日にかけられたものは今もわたしの中に残っている。

額にキスをされたかと思ったら実は祟られていたという一刻も早く忘れたい思い出を忘れられないまま。

忘れられるはずがない。こんな、きっと人生で一度きりのおかしな出来事を——生まれてはじめて神様に祟られた日のことを。

「わたしのこれ、どうにかするまで勝手に消えたりしないでよ！」

「驚いた。まさか千世、まだそれを信じていたのか」

「は？　……はあ!?」

え、何、どういうこと？

「とびきりの阿呆だなおまえ。もうとっくに気づいていると思っていたが」

呆れを通り越してドン引きした顔の常葉に、すでに混乱している頭がより一層こんがらがる。ちょっと、本当にどういうこと？

「祟りなど、おれが本当にするわけもないだろう。人を見続け守ることが神の役目であるのに。祟りなど嘘っぱちだ」

「え……でも、おでこ光ってたし」

家に帰ってもまだ光っていたのだから気のせいではないはずだ。あんな不思議現象が起きていたからには、確実にわたしはあの日に何かをされていた。

恐る恐る近づいてそばに立つと、常葉がふっと笑ってちょいちょいと手招きをした。するると、常葉の人差し指がわたしの額にこつんと触れた。

「あれは、まじないをかけたのだ」

「まじない？」

「ああ、そうだ」

指が離れる。わたしは無意識に額に両手をあてた。じんわりと体温の熱いそこ。あの日も確かに、何かが入ってきた気がした場所。

「おまえが、自らの道を選び取ることができるようにと。おまえの心にまじないをかけた」

わたしを見る琥珀色の瞳に、綺麗だな、なんて、今さらなことを思った。その綺麗な瞳に映るわたしは心底汚いのに、あんたからは、わたしはどんなふうに見えているんだろう。

「おれがおまえにできることなんて、たったそれくらいのことだ」

「……嘘吐き。酷い。騙してたんだな」

「騙されるおまえが悪いさ。おまえは素直で真っ直ぐな阿呆だ」

かけられたのは、祟りという爆弾みたいなものだと思っていた。腹が立って頭を抱えて、どうしたものかと嫌々次の日もこの神社に来た。変な神様に妙な仕事を押しつけられて、なんでわたしがこんな目にって泣きたくなって途方に暮れて、ふざけんなって思っていた。今も思っている。ずっと思っている。常葉は性格悪いし、面倒臭いし、ナルシスト気味なのも腹立つし、平気でわたしの悪口言うし。

でも、そういえば、そう。

――夢のないおまえのために、おまえが夢とは何かを見つけられるように手伝わせてやるのだ。

やり方は意味わからないし、すごく伝わりづらいけれど。

——夢を持て、千世。

常葉は最初からずっと、わたしの背中を押していた。

夢がないなんてつまらないことを言って、前も後ろも向けずに立ち尽くしているわたしが、自分の道を、自分の力で見つけられるように。最初に出会ったときからずっと。

「常葉」

なんであんたはそんなにわたしに期待するの。わたしは、あんたが思ってくれるほどにはうまくはこなせていないのに。

あんたがどれだけ背中を押してくれたって、わたしはいつも弁解もできないほどまぬけで、一歩なんて踏み出せなくて、何ができるかもわからないまま。

だからまだ、ちゃんと見ていて。立ち止まったままの場所から、自分だけの枝に向かっていけるように。花が咲くのを望めるように。まだここでのんびり見守っていてよ、わたしのことを。

「わたしがいるよ」

わたしもあんたのそばにいるから。

「千世」

「わたしがいる。神社が遠くに引っ越しても、自転車漕いで頑張って行ってあげるから。高校出たら免許も取れるし、そしたら常葉も一緒に出かけられるよ。車とかバイク乗ってみたいでしょ。ねえ、わたし長生きするみたいだし、大人になってもいつだって会いに来るから。だから……」

だからあんたは消えたりしない。人の祈る心で神様が生きるのなら、わたしがいくらでもあんたを思ってお社に拍手を打ってあげる。

消えたりするはずない。常葉はこれからもこの町を――あんたが大好きなこの町の人たちを、のんびりとおまんじゅうでも食べながら、見守っていられるはずだ。

だから――

「ああ、千世」

常葉が笑った。心から嬉しそうな顔をして。

「そうだな。おまえがいた」

いつも、常葉のまわりだけ空気が違うような気がする。時間の流れがそこだけ穏やかで、ゆっくり静かに風が吹いている。

「力が徐々に消えているのを知っていた。もう随分、人の生き方が変わっていることも。終わりが近いのだと気づき、社から、今の町の景色をただ静かに眺める毎日だった。だが、最後に、何か人のためにできることはないかと考えていたのだ。かつてのように大きな災いをなくすほどの力など残ってはいなかったが、それでも何か、もう一度だけ、おれにできることはないのかと。そんなとき、おまえが現れた。夢など持たないと笑みのない顔で言うおまえが」

少しずつ常葉の顔が見えなくなる。それだけじゃない、見えている景色の全部がぼやけて不鮮明になっていく。瞬きをしても直らなくて、むしろどんどん目が開けられなくなる。鼻の奥がつんとして、くちびるもきつく噛まなければいけない。そんな、酷い顔のわたしを、きっとあんたは、とても綺麗な顔で見ている。

「これだと思ったのだ。千世に夢を見つけさせること。それが、この社の神であるおれが最後にできることだった」

「……でもわたし、結局夢なんて見つけられてないよ」

「いいや、そんなはずはない。まだとても小さくて気づいていないだけだ。千世のとても小さな夢は、確かにもう、おまえの中に根づいている」

常葉の手のひらが頬を撫でる。撫でているんじゃなく、拭っていた。でも拭ったそばからぼろぼろ涙は出た。止まらなかった。

「千世。おまえがいてよかった。おれはとても楽しかった。おまえは阿呆でまぬけだが、誰より心根のいい奴だ。きっとこれから、もっと素敵な人になる」

「……知ってるよそんなの」

「そうだな。なあ千世」

親指がぐいっとわたしの瞼を拭った。かなり痛かったけれど、おかげで少し晴れた視界に、めいっぱい、きらきらと輝く光。

「おれは千世に会えてよかった。ありがとう。おまえがいてくれて、おれはとても、嬉しかったんだ」

息を止めていた。目を逸らさずに見ていた。どうせすぐにぼやけてしまうのはわかっていたから、できるだけ見ていようと決めた。

銀色の髪。琥珀色の瞳。夢のように綺麗なわたしの神様。

また涙が出たのを合図にぎゅっと首に張りついた。柔らかい髪の毛が瞼にあたって、少し甘い匂いがした。

ああ、ちゃんと抱きつけるのにな。温度だってわかるし、匂いも声も全部わかるのに。確かに今、ここにいるのに。

「常葉」

「なんだ」

「消えないで」

「今日は素直だな」

「いつもだよ」

「そうだったかな」

「ねえ」

「なんだ」

「常葉の願いごとは何？」

少し顔を上げると、目の前で常葉が首を傾げた。

「おれの願いごと？」

「うん」

ずずっと鼻を啜って息を吐く。目の端に溜まった涙は、常葉が掬ってくれた。

「願いごとか」

「常葉にもあるでしょ。何か、願うこと」

「……そうだな」

常葉は考える仕草をして、それから小さく笑った。

「おれの願いは、この町の人々が、笑って生きていることだ」

「笑って？」

「そうだ。おれは皆の笑顔が見たいよ。嬉しそうに楽しそうに、笑っている姿が見たい」

常葉は、もう夢は根づいていると言ってくれたけれど、それでもわたしはまだそれがなんなのか自分でわかっていない。わたしに一体何ができるんだろうってずっと考えていて、それでも何も思い浮かばなくて。

でも、きっと、どこかにはある。だからそれが何か今はわからなくても精一杯やるしかない。

それに、確かなことはひとつだけあった。わたしが何をやりたいか。

だから今はそれを目印に走っていく。この先にあるものが、自分が望むものだと信じて。


赤い鳥居の下で振り返った。さっきまでそこにあった姿はもうなくて、わたしは一段飛ばしで石段を下りていった。垂れかけた鼻水を啜って、ポケットから携帯を取り出す。ボタンを押して、よく使う番号に電話をかける。繋がったのは二コール目。紗弥はいつも出るのが早い。まだ湿った睫毛を、手のひらで強く拭った。

『はいはーい』

「あ、紗弥。今大丈夫？」

『うん、大丈夫だけど、千世なんか鼻声じゃない？　どうかした？』

「ううん、元気。ねえ紗弥、あのさ、ちょっと手を貸してほしいんだけど」

『いいけど、どうしたの？　また神様のお仕事？』

「違うよ。今回はわたしのお願い」

石段を下りきって、人通りのない路地を走る。携帯からは紗弥の不思議そうな声が聞こえている。

『あたしは全然構わないけど、何、なんかおもしろいことするわけ？』

「うん。おもしろくなればいいなって思ってる」

『わお。いいね、夏休みだし楽しいことといっぱいしようよ！　で、何するの？』

「うん、あのね、わたし」

空は青い。低い空。もうとっくに夏の本番ははじまっている。きっと、あっという間に過ぎていく。

花火の日に合わせるとしたらもうそんなに日にちはないだろう。準備は急いでやらないといけない。ゆっくり計画を立てている暇もない。足りない時間は、できるだけ多くの人に協力してもらって補うしかない。わたしだけではできないことばかりだし、行きあたりばったりになるけれど、それでもどうにか、やってみよう。

「七夕祭りをやろうと思う」

神様の夢を、叶えるために。

第八章　神様の願いごと

「重たい！　めっちゃ重い！」

息を切らし鼓動を速め、運動不足の体を酷使して想像の倍は大きい笹を持ち古びた石段をのぼる。前はわたし、後ろは紗弥が担っている。

「ねえ紗弥、これって笹じゃなくて竹じゃないの？」

「……まあそれはあたしも薄々感じてた。立派な竹だよねこれ」

「そもそも笹と竹の違いってなんだろ」

「さあ。大きさ？」

「ならこれ竹だね。まあ七夕飾りって、笹でも竹でもいいみたいだけど」

「でも竹より笹のが雰囲気あるから笹って言おうよ。巨大な笹！」

「そうだね。笹！」

担いだ巨大な笹は肩をもぎ取ろうとするかのごとく食い込んでいて、それでいてせっかくのぼってきた石段の下へわたしたちを引きずり落とそうともしてくる。

「千世まずいよ。あたしそろそろ下に転げ落ちるかも」

「頑張って！　あと少しだから。紗弥が転げ落ちたら絶対にわたしも道連れになるから」

「死ぬときは一緒だよ！」

「嫌だよ！」

なんて叫んでいる間になんとか無事に赤い鳥居をくぐった。その時点ですでに滝のように汗を掻いていたものの、あらかじめ境内に用意していた支柱へとどうにか運び、倒れないように立てかけてきつく紐で結ぶ。

つい、声を上げてしまったのは仕方ないだろう。まだ飾りはひとつも付けていないのに、立派な笹が立っただけで迫力があり、一気に雰囲気が変わる。もうすぐ本当にはじまるのだと、気分も変わってくる。

「千世、やったね。ひとつ目の大仕事終了！」

「うん。わたし今ので五キロは痩せたと思う」

「あたしも。もうこれだけでクタクタなんだけど。ちょっとうちら運動不足すぎやしないかね」

「本当だね……」

まさか笹を運ぶだけでここまで疲れるとは思わなかった。お父さんでも呼んで手伝ってもらえばよかったかな。家で暇そうにしていたし。

「でも、これでまず一歩だね」

「うん。わたしはこの笹が一番のネックだと思ってたんだよね。何よりも重要なのに、どう手に入れたらいいかわかんなかったから。紗弥のおかげだよ」

「どうも。だけど親戚あたったら結構簡単に譲ってくれる人見つかってさ。とびきり立派なのちょうだいって言ったら、本当に随分すごいの持ってこられたから驚いちゃったな。竹かもしれないけど」

「あはは。まあでも、これだけ立派なら文句ないよ」

「うん。願いごと、空にも届きやすいしね」

わたしは頷く。舞台がこれで一歩、完成に近づいたのだ。

七夕祭りをやろうと決めたとき、馬鹿にされるかもしれないと少なからず思っていた。時間はないのに現時点では計画ゼロ。わたしひとりの力でどうにかなるものでもないし、あまりにも無謀すぎるだろうって自分でも思っていたほどだから。でも、最初にそれを伝えた、紗弥の反応は違っていた。

「千世からそんなに楽しそうな提案されるなんてビックリしたよ。でも、最高じゃん」

電話を切ってから即集合して、あっという間に作戦会議がはじまった。発想力も行動力もある紗弥はこういうとき本当に心強い。何が必要なのか考えて、それをどうやって確保するかを考えた。自分の技量のなさは知っているし、当然お金もないし、人脈も少ない。そんな中でどうやったら思い描くものをつくり上げることができるのか、ない知恵を絞ってひとつひとつ、できる道を探していった。

「まず神社を使えるようにしないとね。いくら千世があそこの神様の助手とはいえ、大人の世界ではいろいろと許可とか申請とか必要だろうし。笹飾りはあたしがどうにかしてみる。あとばあちゃんにも相談してみるよ。近所の人とか、昔のお祭りを知ってる人たちに協力してくれる人がいるかもだし」

紗弥は、やると決めたことはわたしなんかよりもずっと確かにやってくれる子だ。紗弥が任せてと言ってくれたことは、全部お願いすることにした。

わたしはまず、元たこ焼き屋のおじさんのところに話をしに行った。何かあてがあったわけではないけれど、相談できるところが他に思い浮かばなくて、駄目もとで訪ねてみたのだ。しかし、常ノ葉神社で七夕祭りをしたい、とおじさんと奥さんに言ったら、思いがけずふたつ返事で協力を引き受けてくれた。

「七夕祭りか。そういえば昔やっていたと聞いたことがあるね」

元商店会長の娘である奥さんは、この商店街の人たちに顔が利くため手助けを頼めるし、おまけに現在常ノ葉神社を管理している神主さんとも面識があるという。神社を使用するための大人のあれこれは、任せてくれと言ってくれた。

「千世ちゃんのお願いなら断れるはずもないよ」

そう言ってもらえるほどのことを自分がしたとは思えない。けれど今はその好意を素直に受け取っておこうと思った。

どうにか、できることをできる範囲で。たくさん頭を下げて走り回って、ときには大人に呆れられたりもしながら、それでもまだ諦めることはできないから止まらなかった。

寂しがり屋で人が好きな神様が、最後に人のためになにかをしたいと思ったように、わたしも最後に性悪で嘘吐きな神様のために、大切な願いをどうしても叶えてあげたくて。


あとは笹に当日までに飾りつけをして、頼んでいる屋台の設置をして、紗弥のおばあちゃんの呼びかけで参加してくれる人たちの出し物のためのステージを組み立てる。それから他にもたくさん、まだやらなければいけないことはたくさんある。でも確かにすべてが進んでいる。

計画は、わたしが思うよりもずっと順調に進んでいた。そのほとんどがわたしの力ではなく、たくさんの人の助けのおかげだ。

「すごいよね、みんな。無茶なことだって平気で引き受けて、こんなに行動できるんだもん」

「何言ってんの、はじめは千世じゃん。七夕祭りを計画したのも、あたしたちを動かしたのもさ」

振り向くと、紗弥は首をすくめた。

「たこ焼き屋のおじさんは、千世に助けてもらったでしょ。あたしだっていつもいろいろと助けてもらってるし。ばあちゃんもさ、ずっと復活させたかったお祭り、千世がやろうって言い出してくれたから手伝いたくなったって。みんな理由はあるんだよ」

「……なるほど」

「あは！　他人事みたいに言わないでよ。全部さ、千世の力だよ。みんな千世だから手伝おうと思ってんの」

平手で背中を叩かれる。わたしがよろめくのを見て、紗弥は楽しそうに笑う。

「千世ってなんか、手を貸したくなるんだよね」

「何それ、わたしがなんもできない駄目な奴だからってこと？」

「違うよ。千世ってさ、いい意味で、超ふつうじゃん。可もなく不可もなく。駄目だめじゃないけど優れているわけでももちろんなくて、すごくいい人ってわけじゃないけど、嫌な奴でもなく」

「褒められてるのか貶(けな)されてるのか」

「そんなふつうの人だから、千世ってものすごく身近なんだよね。前から手を伸ばしてくれる人でもなく、後ろにいてこっちが引っ張らなきゃいけないんでもなく、いつも自分の横を歩いている人っていうか。たとえば誰かが悩んでいたら、かっこよくアドバイスしてくれたり解決してくれたりはしないんだろうけど、同じ目線に立ってくれると思うんだ。たこ焼き屋さんのときだって、今だってそう。ひとりじゃ何もできないし、自信だってないくせに、それでもどうにかしようって必死になってまわりを巻き込んで頑張るんだもん」

「それってなんか、わたし、すごくかっこ悪いような」

「あはは、そうだね。そうやって、もがいて頑張ってる人のこと、放っておけるわけないじゃん。それにさ、あたしが悩んでいるときに、きっと千世なら誰よりそばで、一緒になって頭抱えてくれるんじゃないかって思えるんだよね」

「うん」

「だからあたしも心から、千世の助けになりたいって思うの」

紗弥の言葉に、ぎこちなく頷きながら、常葉が言ってくれたことを思い出した。誰かが笑ったら笑って、泣いたら自分も一緒に泣け。それだけって言ったらそれだけで、なんの解決にもならないことなのだろうけれど、たったそれだけのことでもしも何かが変わるなら。それがわたしに、できることなら。

「おーい紗弥ちゃん！　もう一本残ってるんだけど！」

石段の下から、笹を持ってきてくれたおっちゃんの声がした。紗弥と顔を見合わせる。先ほど酷使した肩も、消耗した体力も、もちろんまだ直ってはいない。

「またやるのか。さっきよりもしんどそうだな」

「でもやるしかないよね。次はおっちゃんにも手伝わせようか」

「おーい、紗弥ちゃーん」

「はいはい、今行く！」

紗弥が慌てて石段を駆け下りていく。その背中に続こうとして、でもふと足を止め振り返った。そこにあるのは誰もいない、静かな古いお社。

「……」

ここ最近、常葉は姿を見せていない。誰もいないとき、名前を呼んでみるけれど、それでも一度もわたしの前に出てきてはくれなかった。

「……常葉」

もしかして、という思いが頭をかすめる。もしかしてもう、常葉は消えてしまったのだろうか。

いや、そんなはずない。絶対に常葉はまだこの神社にいて、どこかでわたしのことを見てくれている。

「常葉、もうちょっと待っててね」

わたし、必ずあんたに素敵なものを見せてあげるから。だから待っていて。昼寝でもしてのんびりと。

「わたしが、常葉の願いを叶えるまで」

お社に向かって呟いて、それから真っ赤な鳥居をくぐった。トラックに乗ったもう一本の笹も、空に届きそうなほどに立派だった。

商店街へ向かう途中、ぽつりと鼻の頭に何かがあたって顔を上げた。雨かと思ったけれど空は晴れている。だけどやっぱり雨だった。お天気雨。狐の嫁入りだ。

「あ、お天気雨」

腕に抱えていた紙の束を慌てて鞄で隠した。せっかく刷り上がったばかりなのに、貼りもせずにふやけられたらさすがに凹む。

「やば、濡れちゃう」

七夕祭りの開催を知らせる大事なポスターができあがったのは祭り開催の五日前だ。色とりどりの花火と、真っ赤な鳥居、そして七夕祭りとわかるように短冊をいくつもぶら下げた笹の絵が描かれている。このポスターは、絵が得意な友達に描いてもらって、近くの印刷屋さんにコネを使って超低料金で刷ってもらったものだ。もう日にちはないけれど、できるだけたくさんの人にお祭りのことを知ってもらえるように。そうして、できるだけたくさんの人に遊びに来てもらえるようにと可能な限りの枚数を刷った。

「おばちゃん、ポスターができたので持ってきました」

「あら、もうできたんだ。どれ見せて」

お天気雨に降られながらも、どうにかポスターを濡らす前に三波屋に駆け込むことができた。三波屋のおばちゃんは待ってましたと言わんばかりに渡したポスターを広げて「おお」と小さく歓声を上げる。

「すごい、目立つし立派立派！　この短期間でよく仕上げたね」

「友達に結構頑張ってもらっちゃいました。あと印刷屋さんも、おばちゃんのコネがあったから安くしてもらえたので」

「古くから店出してると、こういうときだけ役に立つのよね。もちろん当日も、できることはするから」

三波屋のショーケースには、相変わらず可愛らしい和菓子がずらりと並んでいる。この中から露店でも売ることのできる商品を、お祭り当日に神社で販売する予定だ。元たこ焼き屋の奥さんから声をかけてもらい、三波屋にも協力してもらえることになったのだ。

「ポスター、外から目立つところに貼っておくね。あと知り合いのお店にも貼ってもらえるように頼んでおくから、何枚かちょうだい」

「本当ですか。よろしくお願いします！」

深く頭を下げた。お店も忙しいのにここまで協力してもらって、本当に感謝してもしきれない。

「もうすぐか。楽しみになってきたね、千世ちゃん」

「はい。でもわたしはまだ、いろいろ不安もあって、あんまり楽しみだって思う余裕もないですけど」

「大丈夫よ、きっとうまくいくから」

おばちゃんが笑ってくれたことに、少し勇気づけられる。大丈夫という言葉は、それだけで時々ものすごく強く背中を押してくれる。大丈夫、できるよ。それは自分でも何度も心の中で呟いていることだ。不安は確かにまだあるし、準備も途中の段階である今は楽しむ暇もないけれど、それでも大丈夫だと言い聞かせて必死に前を向くのは、必ず成し遂げたい大切なことがあるからだ。その目標に向かって今は突き進むしかない。そしてそれができたときには、きっとわたしも心から笑えている。

「常ノ葉神社の七夕祭りか。そんなことをやってたことももう忘れちゃってたな。千世ちゃんがやろうって言わなかったら、きっとずっと忘れたままだったんだろうね」

おばちゃんはぽつりと言って、それから肩をすくめて笑った。

「あ、千世！　おーい」

そのとき、外から呼ぶ声が聞こえた。振り返ると、自転車を止める音がして、それから紗弥が慌てて店の中へと駆け込んできた。

「お天気雨やばい！　濡れちゃったよもう」

「お天気雨なんかより見て紗弥、ポスターできたよ」

「おお、すごいじゃん！　目立っていいね。小さい子も気にしてくれそうな感じ」

「うん。とにかくまずは知ってもらわなくちゃ話にならないから」

「やるだけじゃ意味ないもんね、人が来なくちゃさ」

　うん、と頷き合ったとき、ふいにぬっと手が伸びてきた。その手が持っているのは三波屋の定番の上用まんじゅうだ。

「ふたりとも頑張ってるから、おばちゃんのおごり。食べて」

「やったあ！」

「ありがとうございます！　元気出ます」

　紗弥とひとつずつ受け取って、店の前のベンチを借りてしばしの休憩を取った。お天気雨は少しずつ止もうとしている。空は青い。この雨は、どこから降っているのだろう。

「笹飾りも順調だよ。ばあちゃんが張りきっちゃってさ、近所の短歌サークル仲間と一緒にいろいろつくってるんだよね」

「そうなんだ。紗弥のばあちゃんありがとう」

「でもばあちゃんは千世にありがとうって言ってたよ。ずっとやってなかったお祭り、もうさ、地元の人でも忘れてる人のほうが多いくらいのお祭りを、ひとりで復活させようとしてんだもん、すごいことだって」

「そんなことないよ、わたしは言い出しただけだもん」

「いやいや、千世は立派だよ。だからあたしは言っておいたよ。千世は神様の助手なんだから、当然だってさ」

「うおっ……ちょっと紗弥、お願いだから広めないでよそれ。なんか変な噂立ちそうじゃん」

「だって本当のことでしょ。それに、だから千世、こんなに一生懸命頑張ってるんでしょ」

食べかけのおまんじゅうの残りを一気に頬張りながら「ね」と首を傾げる紗弥に、敵わないなと笑った。

紗弥がいてよかったと心から思う。同時に紗弥ってすごいなと改めて感じる。もしもわたしが紗弥の立場だったとしたら、相手をこんなふうに信じて一緒に頑張るなんてこと絶対にできない。わたしが今、折れずに頑張れていられるのは、紗弥がいてくれるおかげだ。

「あたしも会いたいな、千世の神様」

紗弥がぽつりと呟く。

「わたしの神様じゃないよ。みんなの神様」

「じゃああたしの前にも現れてくれるかな」

「紗弥のことはきっと大好きになるよ。あいつ、夢を持ってる人のことが好きだから」

「おお。とうとうあたしも神に愛されるときが来たか！」

「紗弥はもともと神様に愛されてそうだけどね」

「愛されてたら赤点なんて取らないし補習も受けさせられないって」

「そりゃそうだ」

　でも、世界中に神様に愛されている人はたくさんいるだろうけれど、神様に祟ったと嘘を吐かれた人はきっとわたしだけのはず。そう考えると、あの忌々(いまいま)しいだけだった出来ごとも、ほんの少しだけ誇らしく思える。

「じゃ、あたしはまだやらなきゃいけないことあるから、行くね」

紗弥が立ち上がる。空はちょうど今、綺麗に晴れたところだ。

「やることって？　まだ紗弥にお願いしてたことあったっけ」

「お祭りでの催しのタイムスケジュール、ちょっとつくり直さないと。ばあちゃんがいろんな人に声かけたら思いのほか参加したいってグループが多くて。趣味で集まってる人たちは、こういう気軽に参加できる場所ができたのが嬉しいみたい。ばあちゃんみたいにお年寄りだけじゃなく、若い人たちのサークルも何組か声かけてくれてるよ」

「すごいね、最初はやってくれる人いなかったらどうしようって思ってたくらいなのに」

「あたしははじめから心配してなかったよ。ばあちゃん、篠笛(しのぶえ)同好会にも入っててさ、他の楽器のサークルとよく一緒にミニ公演してるから、演奏できる場所与えたら絶対にやりたがると思ったし」

「紗弥のおばあちゃん、多趣味だなあ」

「そうなんだよね。笑っちゃう」

紗弥が自転車で颯爽と商店街を駆けていった。わたしも立ち上がり、残りのポスターを大事に抱える。お天気雨の上がった空に、背中を押してくれているかのように、七色の虹が架かっている。

お祭りまで、あと一日。何事もなければ無事に開催できるところまで来ている。

明日の天気が一日中晴天なのは一週間前から確認済みだ。花火大会も間違いなく催される予定。多くの人の協力のおかげで、無謀だった計画はつつがなく進み、なんとか思い描いたすべてのことが形になろうとしている。神社では、ステージの骨組みと屋台の準備がすでに完了していて、あとは当日に参加者のみなさんに用意してもらうだけとなっていた。

今日は、最後の仕上げに、メインとなる二本の笹と境内に、七夕飾りを施した。紗弥や、紗弥のおばあちゃんとその友達、一部の商店街の人も来てくれて、みんなで華やかに賑やかに、お祭りの舞台を彩った。

「常ノ葉さんの神様は、えらく美しい神様だそうだよ」

凝った装飾を組み立てていた紗弥のおばあちゃんがお社の屋根を見上げながら言った。常葉のことは知らないだろうが、どこかで会ったことくらいはありそうだなと思った。

「ねえ千世、神様のこと、本当？」

紗弥がこそっと耳打ちしてくる。

「えっと、うん、まあ。顔は引くくらい綺麗かな」

「マジか！　ますます会いたくなっちゃうじゃん。でもそんな綺麗な神様がいる神社ってことは、その神様にふさわしいくらい煌びやかに飾らないといけないね」

「そうだね。遠くの空からでも見えるくらい、賑やかに」

笹の隣に脚立を置いて、飾りを抱えてのぼっていく。二本ある笹をわたしと紗弥で一本ずつ担当して、豪華に飾りつけていく。

この笹は、お祭りの主役だ。これがなくてもお祭りはできるけれど、これがなければ七夕祭りとは言えない。明日、お祭りに来てくれた人たちを十分に楽しませられるように、うんと綺麗で、夢のように華やかに、思い出に残るように飾るんだ。

「千世、楽しみだね、明日」

紗弥が、笹の葉の間からひょこりと顔を出した。

「うん、そうだね」

「ここまでいろんなことがうまくいったんだもん、明日はきっと最高のお祭りになるよ」

「うん、そうだといいけど」

「けどって、何か心配事でもあるの？」

「まあね、ひとつだけ」

準備は確かに順調だ。今のところ開催に不安な点はまったくない。それでも挙げろと言われれば、天気予報が大外れして悪天候になることくらいだけれど、おそらくそれは九割九分ないだろう。でも、ただひとつ、今の時点ではどうにもならない、明日になってみないとわからないことがあるのだ。

「人が、本当に来てくれるかってことだよ」

お祭り自体はすでにいつでもはじめられる段階までできあがっている。ただ、はじめられはしても、それだけではお祭りの成功とは言えない。たくさんの人に神社へ遊びに来てもらって、楽しんでもらわなければなんの意味もないのだ。

「確かに、準備の期間が短かったから、このお祭り自体がどこまで知られてるか」

「それに明日は花火もあるしね。向こうの会場でも屋台とか出すみたいじゃん」

「まあ、いつも人すごいからなあ」

「できることはやったつもりだけど、実際のところ、当日になってみないとわからないから、どうなるか」

「そうだね」

これればかりは明日を待つしかない。

だけどもしも、まったく人が来なかったら。考えたくなくてもどうしても考えてしまう。

人が来なければお祭りは失敗だ。すべてが無駄になる。準備を手伝ってくれた人たちにも申し訳ないし、常葉の願いだって叶えられない。明日は、町の花火大会も開かれる。日程を被らせたのはわたしだ。夜空の花火がなければ昔のお祭りと同じとは言えないからだ。

ただし、花火大会と同日ということは、人がそちらに流れてしまうということでもある。紗弥が言うにはこの神社は花火見物の知る人ぞ知る穴場スポット。つまりここから花火がよく見えるということを知っている人は少なく、たとえお祭りの存在を知られていたとしても、来てくれない可能性も十分にあり得る。

「……だけど今は、できることをやるしかないよね」

そうだ、考えても仕方ない。むしろ考えなしにやってきたからこそここまで来られたのだ。まともに頭を働かせていたら、そもそもお祭りをやろうだなんて思うはずもなかった。今は最後まで突っ走るしかない。

「いいね千世、その意気だ」

「紗弥、早く飾りつけ終わらせちゃおう。短冊もつくらなきゃいけないし」

「あたしらの最後の仕事だ」

「うん。みんなの願いごとを、届けるためにね」

すべては明日、わかること。わたしがどれだけのことをやれたのか。どれだけ届いたか。

今は、頼りない自分を信じてやれることをやるだけだ。わたしのことを信じてくれたみんなと、たったひとりの神様のために。

飾りつけやその他の準備をすべて終えたとき、もう時間は六時を回っていた。まだ日は出ているもののさすがにすっかり夕方の空になっている。

紗弥とは商店街で別れて、街灯が点き出す前の少し暗くなった道をひとりで歩いていた。見上げてみてもまだ星は出ていない。濃い青とオレンジの混ざった空は、見ていると妙に心が落ち着かなくなる。

明日、みんな来てくれるだろうか。常葉は、見てくれるだろうか。みんな喜ぶだろうか。笑ってくれるだろうか。

空が、不思議な色をしているから、そんなことばかり頭に浮かぶ。

「ちせちゃん」

呼ばれて振り返った。いつか常葉の手伝いをしたときに出会ったユイちゃんと、そのお母さんが後ろの十字路から手を振っていた。ユイちゃんの腕の中には一匹の黒猫。お母さんが持っているキャリーでも何匹か動いているのが見える。

「ユイちゃん久しぶり。その子クロちゃんだよね？　クロちゃんも久しぶり」

「えへへ。こっちにいるのが子どもたちだよ」

「おお、大きくなってる」

キャリーの中には三匹の黒い子猫がいた。クロちゃんと同じく、三匹揃って額にだけ白いブチがついている。前は手のひらに乗るくらいに小さかったのに、ほんの少し見ない間に随分と成長していた。元気に育っているところを見ると、ユイちゃんの家で大切にしてもらっているようだ。

「子猫たちの健診ついでに、クロも見てもらっていたんです。もとが野良なので病気とかが心配で」

「でも元気だったよ。赤ちゃんたちもみんな元気だって」

「そっか。よかった」

ユイちゃんの腕の中のクロちゃんを、こしょこしょと撫でてみた。クロちゃんは若干面倒臭そうにニィとだけ鳴いて目を閉じた。

「そうだ、ねえちせちゃん！」

突然ユイちゃんが声を上げる。

「明日、神社でお祭りやるんでしょ」

「え、知ってるの？」

「ポスター見たよ！　お店に貼ってあったの見つけて、そしたらユイがお願いしに行った神社でやるんだってお母さんが教えてくれたの」

息を弾ませながら話すユイちゃんに、わたしは「そっか」と気の抜けた返事しかできなかった。けれど本当は、叫んで抱きつきたいくらい心の中が湧き立っていた。

嬉しい。無駄じゃなかった。気づいてくれる人は、きちんといたんだ。

「場所が常ノ葉神社だってことだから、もしかして千世さんが関わってるんじゃないかって話してたんです」

　お母さんが、はしゃぐユイちゃんの頭を撫でる。

「だからユイとふたりでいろんな人に広めておきました。花火大会はすごく混むから、近所ではその日は普段出かけない人も多くて。結構みなさん、気になっているみたいですよ」

「本当ですか？　ありがとうございます。すごく嬉しいです！　あの、絶対に楽しめると思いますから。花火も見られるし」

「やったあ！　早く明日にならないかな」

「やっぱりあのお祭りは千世さんも携わっているんですね。わたしたちも遊びに行くので、よろしくお願いします」

「こ、こちらこそ！」

　伝わっているんだ。見てくれている。お祭りを楽しみにして、明日を待ってくれている人が確かにいる。

　だったらわたしは来てくれた人たちをうんと楽しませることだけ考えなければいけない。神社に人が来てくれただけでは、それでもやっぱり意味がないのだから。お祭りに来た人たちが、めいっぱい満足して、楽しんで、笑ってくれなければ。

「ユイもお友達いっぱい連れてくからね」

「うん、ありがとう。みんなに、七夕祭りだから願いごと考えてきてねって伝えておいてね」

「たなばた？」

「そうだよ。常ノ葉神社の神様は夢の神様だから、みんなで短冊に願いごと書いて、神様に伝えるの」

「神様に？　ちゃんと届くかなあ」

「届くよ。心を込めて短冊に書けば、絶対に神様はその願いごとを聞いてくれるから」

「わかった！　ねえ、ユイも書いていい？」

「もちろんだよ。神社で書けるから、明日、楽しみにしててね」

手を振ってユイちゃんたちと別れて、それからは走って家まで帰った。一日中準備をしたあとで体力は残っていなかったはずだけど、疲れは少しも感じなかった。早く明日になれって、そればかりを思った。

早く明日になれ。そして早くはじめよう。

いつか夢の中で見た光景のような、常葉がとても大切に見つめていたものを、もう一度、あの神社で。

◇

落っこちてきそうなほどの濃い青空が広がっていた。一週間前から天気予報は晴れのままだったものの、それでも心配でテルテル坊主を毎日つくった甲斐があった。雲はひとつもない。きっと夜になれば星も花火も綺麗に見える。みんなの願いも真っ直ぐに、高い空へ届くだろう。

浴衣は、中学生のときに買ったものを箪笥の奥から引っ張り出した。白地に向日葵が描かれたものだ。帯は、綺麗な若草色のものを選んだ。もちろん自分では着られないから着つけはお母さん頼みだ。

ちょうど、帯を結び終えたところで玄関のチャイムが鳴った。誰かは確認する前からわかっているから、それに出るのはわたしの役目だ。

「いらっしゃーい」

「……どうも」

この野郎。浴衣かわいいね、くらいのこと言ってくれてもいいのに、相変わらずの無愛想な顔にほとほと呆れる。玄関先の大和は、自分からはわたしの欲する言葉を言うつもりはないようで、睨みつけるわたしを困った顔で見下ろしていた。

「どうもじゃないよ、乙女心のわからん奴め。どう、わたしの浴衣の感想」

「ああ、なるほど……いいと思う」

「なるほどの部分いらないし棒読みだけど、まあ大和だから合格としよう。すぐに出かけるけど、ちょっとお茶飲んでいったら？」

「うん、そうする。けど、浴衣だと暑くない？」

「大丈夫だよ。ヨユーヨユー」

大和を家に上げると、あっという間にお母さんが冷たい麦茶を、お父さんがお茶菓子を用意しはじめた。お父さんに、

「すぐに出かけるからお喋りは短めにね」

とだけ注意しておいて、わたしは残りの支度を急いだ。


炎天下を歩きながら、真昼間に浴衣はきついなとしみじみ思った。今すぐ頭から水を浴びたい。

「暑い……」

「だからTシャツにしたらって言ったのに」

「だって紗弥と浴衣着ようって約束したんだもん」

「でも祭りは五時からだろ？　それまでに着替えればよかったんじゃないの」

「一回家帰るの面倒臭いし」

「じゃあ我慢だな」

「うへぇ……」

外の暑さに慣れた大和は、この猛暑でも実に軽快な足取りで進んでいく。スポーツマンなのだからもう少し暑苦しさがあってもいいものを、大和は汗ひとつ掻かず実に涼しげであるからなんだか腹が立つ。

「あ、そういえば大和。甲子園、残念だったね」

「結果、知ってたのか」

「うん、一応見てた。ニュースでもやってたし」

先日はじまった甲子園の一回戦で、大和の高校は負けてしまった。相手校は決して格上ではなかったけれど、こちら側のエースの大和が直前で欠けたことが最大で唯一の敗因だった。

大和の怪我のことは、あれから世間に知られ、少しだけ話題になった。プロ野球も注目していたスター選手の怪我とチームからの離脱は注目を浴び、大和を欠いたチームの行く末もテレビで何度か流された。節操のない報道には呆れたものの、わたしが怒る理由もない。何より大和本人がそんなもののことは気にしていなかったのだ。外野の邪魔な声に気を取られるより、今自分にできることを、みんなのためにやれることを。それだけを考え大和は甲子園のベンチにいた。

「みんなは頑張ったよ。今回は、おれがみんなに迷惑かけたせいだ。来年の夏は必ず優勝できるように、おれはこれからみんなを支えるよ。何ができるかは、まだわからないけど」

本当は自分がマウンドに立てたら一番だろう。大和の中でその思いはいつまでも消えないのだと思う。でもその思いを抱えたまま、次の道へ進んでいく。いまだに包帯の取れない痛々しい傷のある右手は、きっといつかまた、別の形でたくさんの人に力を与えるのだろうし、大和自身を真っ直ぐ前へ向かわせてくれるのだろう。

「大和ならやれるよ。大丈夫」

「千世の言葉はなんか頼りないな」

「なんだと！　だったらもう絶対応援しない」

「冗談だよ。千世がいてよかった。ありがと」

大和が笑う。あたり前だ、と思ったけれど、口には出さなかった。

分厚い青空を、飛行機が飛んでいく。

「そういえば今日は部活よかったの？」

「今日はもともと休みだよ。練習があっても、頭下げて休ませてもらうつもりだったけど」

「へえ。まあ、来てくれたのはよかったけど、大和はそこまでして来ないと思ってた」

「常葉さんのためにならら来るよ。常葉さんに、おれはたくさんお礼を言わなきゃいけないから」

大和には、常ノ葉神社がもうすぐなくなることを話している。神社と一緒に常葉が消えてしまうかもしれないことも、だから七夕祭りをもう一度行おうとしたことも。口には出さないけれど、これが最後になるかもしれないと、大和もきっと気づいているのだ。だから今日、無理をしてでも必ず来ようとしてくれた。常葉に会える、最後の日になるかもしれないから。

──カラン、とアスファルトの上で下駄が鳴る。履き慣れないわたしの下駄は、常葉の出す音とは全然違う。常葉の足音はもっと軽やかだった。どこまでも響くようで、だけど何げなく、耳に心地いい音。

「そうだ、常葉さんの好きなおまんじゅうを買っていかなきゃ。約束してたんだった」

「大丈夫だよ。三波屋も焼きまんじゅうで神社にお店出してるから」

「じゃあそこで買えばいいか」

「うん。神様ご贔屓(ひいき)のお店をお祭りに出店させないわけにはいかないからね」

「そうだよな。なあ、常葉さん、会ってくれるといいな」

わたしに声をかけてはいたけれど、その呟きは独りごちているみたいだった。

「会ってくれるよ、絶対。常葉は必ずお祭りを見てるから」

道に転がっていた小石を蹴った。下駄だからうまくいかなくて、小石は少しだけ跳ねて止まった。

「そうだな。見てくれてるはずだ」

空はまだ、真昼の色。夜まではまだ遠い。でももうすぐだ。

いつかの思い出が、もう一度形になる。

わたしたちが神社に着いた頃には、すでに準備のために人が集まっていた。立ち並ぶ屋台の支度も、催しのリハーサルも行われている。

「千世！」

先に来ていた紗弥が奥で手を振っていた。そしてわたしが振り返す前に、紗弥の雄たけびが境内に響いた。

「えええ！　神崎くん!?　え、本物？　ちょっと待ってねえ本物!?」

大和が来ることは紗弥には内緒にしていたのだ。部活などで来られなくなることも想定していたから、変に期待させては可哀想だと思い当日まで言わないようにしていた。結果、サプライズ登場となってしまったが、喜んでいるようだからまあいいか。

「うっそマジちょっと千世、あたしまだ願いごと書いてないのに叶っちゃったよ！」

「よかったね紗弥、一番乗りじゃん。これでちゃんとご利益あるってみんなに思ってもらえるかも」

「あの、あたし千世の友達の西沢紗弥です、よろしくお願いします！」

「あ、えっと……神崎です」

「知ってます！　好きです！」

「え……え？」

「ああ、大和のファンなんだよ、紗弥は」

公開告白に戸惑っている大和と紗弥を置いて、準備中の境内を見て回った。昨日付けた飾りも、変わりなくお祭りの会場を彩ってくれている。笹は活き活きと空に枝を伸ばし、みんなが願いごとを書くのを待っている。

「千世ちゃん、もうすぐだね」

元たこ焼き屋のおじさんが声をかけてくれた。

「準備はもうできてるから、あとははじめるだけだよ」

三波屋のおばちゃんも、自慢の品を今日はたくさん出してくれる。紗弥のおばあちゃんも、他の人たちも、七夕祭りを開くために協力してくれたたくさんの人たち。

「みなさん」

ここにいる人たちも、今日のために必死で頑張って、今日という日を楽しみにしていてくれた。みんなにも、今日はとびきり笑顔になってほしい。

「本当にありがとうございました。今日は、よろしくお願いします。めいっぱい楽しみましょう！」

思いを込めて、深く頭を下げた。聞こえてきた拍手に顔を上げると、みんなが、笑顔でわたしを見ていた。

大きく呼吸をする。わたしも笑顔で応えてみせる。

お祭りがはじまるのは夕方。

もうすぐ、常ノ葉神社の七夕祭りがはじまる。

少しずつ空気が涼しくなってくる。でもまだ夏の空は明るい、午後の五時前。

七時からの花火に合わせて、お祭りのはじまりをこの時間に決めた。

屋台からのおいしい匂いがあたり一面漂っている。ステージでは音楽隊がすでに演奏をはじめていた。もういつでもお祭りをスタートさせられる。あとは、人だ。

時計を見た。あと数分で五時になる。

わたしは紗弥と顔を見合わせた。さっきからずっと落ち着かなくて、変な汗ばかり掻いている。

「もうすぐ五時だよ、紗弥」

「うん、そうだね。もうすぐだ」

「お客さん、たくさん来てくれるといいけど」

「大丈夫だって。ほら、浴衣姿の人、何人も見かけたし」

「あれって花火のお客さんでしょ」

「まあねえ」

駄目だ。どれだけ大丈夫だと思ってもやっぱり不安が拭えない。緊張もとっくに頂点を超えていて、今にも鼻血を出して倒れてしまいそうだ。自分が今、きちんと地面に足をつけているのかどうかもよくわからないくらい。

来るかな。お願いだから来て。頼むから来い。なんでもおごるから。

時計を見る。そろそろ人が来てもいい頃だけれど、神社は、しんと静かなまま。

「あと、一分」

全員が、真っ赤な鳥居の向こうを見つめていた。

見下ろした町の景色。動かないそれを、じっと――

「ちせちゃん！」

見えたのは小さな頭だった。それがひょこりと鳥居の向こうから顔を出し、笑顔で手を振ったのと一緒に、いくつもの頭が続けて石段をのぼってくる。

たくさんの足音。それから、笑い声。同時に音楽がひときわ大きく鳴り響く。みんなが一斉に声を上げる。

「ちせちゃん、みんなで来たよ！」

その声は、七夕祭りの、はじまりの合図だった。

◇

こんなことになるなんて、誰が予想していただろう。誰もが願っていた。でも、本当にそれが実現するなんて、誰が。

五時になってすぐに近所の子どもたちが大勢来てくれた。屋台で食べ物を買ったり、ゲームをしたり、短冊に願いごとを書いたり。境内を走り回ってみんなでめいっぱい遊んでいた。少しするとお年寄りも集まり出した。紗弥のおばあちゃんの友達で、篠笛同好会の演奏を聴きに来たらしい。ステージの上は一層盛り上がって、会場全体の雰囲気を明るくしてくれた。

日が暮れてくると浴衣姿の人が増えた。紗弥が下に降りて、花火に行くお客さんたちを掴まえてくれたからだ。神社からなら花火が綺麗に見えるしお祭りもやっている。それがどんどん広がって、見る見るうちに境内がたくさんの人で溢れ返った。

どこを見ても人がいた。どの人も楽しんでいた。普段の神社の様子からは想像もできないくらい、たくさんの人が、今ここにいる。

お日様がすっぽり隠れた頃に、境内にいくつも明かりを灯した。お祭りはこれからが本番だ。あと三十分もすれば空がもっと暗くなり、花火がはじまる。

「おねえちゃん、書けたよ。これ飾って」

「はい。なんて書いたの？」

「宇宙人と友達になれますように！」

「いいね。もしなれたら、おねえちゃんにも紹介して」

「ぼくはチョコレート工場で働く！」

「今度の塾のテストで百点取る！」

「よし、みんなの願いごと、ちゃんと神様に届けるからね」

「七夕なのに、織姫（おりひめ）と彦星（ひこぼし）じゃないの？」

「うん。この神社の神様に、聞いてもらうんだよ」

わたしは、お客さんが書いてくれた短冊を、笹に飾る役目を担当していた。着慣れない浴衣で脚立にのぼるのは一苦労だったけれど、あまりの仕事の多さにあっという間にそんなことを気にする余裕もなくなった。次々と渡される短冊。誰でも自由に書いていいから、大人も子どもも、みんながそれぞれ願いを色とりどりの短冊に綴っていく。

昨日紗弥と飾りつけた笹が、七色の短冊でさらに彩られていった。それでもまだたくさんの短冊が願いを書かれるのを待っている。

夢は、人の数だけあった。

無謀な夢も、堅実な夢も、壮大な夢もささやかな夢も、決して叶うことのない夢も、すぐそばにある夢も。

ひとつとして同じものはない。ひとりとして同じ人がいないように、夢もそれぞれの色と形を持っている。でもすべてが、同じように、大切な夢だ。

みんなの心の中で強くいつまでも輝き続ける、行く道を照らしてくれる光。

「千世、交代するよ。休んでおいで」

「紗弥」

ステージを手伝っていたはずの紗弥が、いつの間にか脚立の足もとにいた。

「向こうは大丈夫なの？」

「あっちはもう好き勝手やっちゃっててさ。一応進行表は守らせてるから大丈夫。何かあったらすぐに行くし」

「じゃあ少しだけ休んでくる。ありがとう」

「うん、行っておいで」

短冊の仕事は紗弥に任せて、奥のお社に向かった。いつもの定位置はお参りする人の邪魔になるから、少し隅に避けて、人の少ない場所から賑やかなお祭りの様子を眺めた。

二本の笹は、遠くから見るとより一層煌びやかさを増して見える。それでもまだ多くの短冊が伸びた枝に下げられていく。

屋台はどこも繁盛していた。ちょうどお腹も空く頃合いだ、両手に食べ物を持って歩く人も大勢いた。射的や金魚すくいなど、遊べる場所も人気だった。ステージは開始からずっと盛り上がりっぱなしで、観客は手を叩いて笑っている。

賑やかな歌や踊り。立ち並ぶ屋台。笹飾り。浴衣姿で、笑う人たち。

「……」

声が響く。心から、楽しそうな声が。

隣には大好きな人がいて、その人と他愛もないお喋りをしながら、夜が来るのを待って、時々空を見上げる。

「常葉」

大人も子どもも願いごとを短冊に託す。

小さな願いも、大きな夢も。いつか叶いますようにと願いを込めて、一枚の短冊に言葉を書き、心を乗せる。

「ねえ常葉」

たくさんの人がここにいる。きっと誰ひとり同じ心は持っていないのに、それでも同じ気持ちでこの場所に集まっている。

——おれは、皆の笑顔が見たいよ。

見てよ。これが、あんたが見たかったものなんでしょう。

自分のことなんて放っておいて、あんたが一番に願ったもの。

——嬉しそうに楽しそうに、笑っている姿が見たい。

この町の人たちの笑顔。とても楽しそうに笑っている顔。

いつかのあんたの思い出と同じに、わたしがあんたに見せたかったもの。

「見てよ、常葉」

「ああ、見ている」

ふわりと、優しい花の匂いが香った。

銀色の髪と、いつものお気に入りの羽織を揺らして、常葉が隣に立っていた。

「……常葉」

「見ているよ千世。ずっと見ていた」

「みんな笑顔だよ」

「そうだな。とても楽しげだ。皆嬉しそうに、心から笑っている」

わたしは常葉の横顔を見ていた。きっと気づいていないのだろう、みんなの笑っている姿を見ている自分が、誰より一番嬉しそうな顔をしていることを。

いつか見た夢を思い出す。常葉の思い出なんだと、すぐに気がついた夢。あの夢の中でも常葉は今と同じ顔で笑っていた。誰かに楽しんでもらいたくて、誰かに喜んでもらいたくて、誰かの笑顔が嬉しくて。あのときも……あのときと同じように今も、笑顔でいる。

「千世」

「何?」

「ありがとう」

振り向いた常葉と、視線が真っ直ぐ重なった。

「ふたたびこの光景を見られるとは思わなかった。おまえのおかげだな」

「……当然だよ。わたしはこの神社の神様の有能なお手伝いだから。願いごとひとつ叶えるくらい楽勝だっての」

「そうだったな。おまえはやればできる子だった。よくやった、千世」

常葉が頭を撫でるから、わたしは慌てて顔を伏せた。

危なかった。また泣くところだった。今日は絶対に泣かないって決めたのに。今日はみんなで笑う日だから。

「常葉さん！」

呼んだのは大和の声だ。常葉を見つけて、慌てた様子で大和はこちらに駆け寄ってきた。

「大和じゃないか。また会えたな。会いたかった。おれはおまえが大好きだ」

「あ、ありがとう。今日はよく告白される日だな」

困ったように眉を下げながら、大和は常葉に紙袋を渡していた。三波屋の新作で、今日ここで売っている焼きまんじゅうだ。

「常葉さんの好きな店のだ。売り切れる前に買っておいた」

「ああ、ありがとう大和。おまえはなんていい奴だ」

「お礼を言うのはおれのほうだよ。常葉さん、ありがとう。あなたのおかげで、おれは今どうにか次の一歩を踏み出せてる」

「いや、それはおれの力ではない。大和が持っている強さによるものだ」

「それでもありがとうって言いたいんだ。常葉さん、おれもあなたが好きだよ」

そう言った大和のことを、常葉はおまんじゅうを頬張りながら抱き締めていた。それを横目に見ていたわたしの、出かけていたはずの涙はあっという間に引っ込み、やっぱり大和贔屓なんだよなこいつ、と少しむっとしながら、男ふたりの抱擁から目を背け空を見上げた。いつの間にか、すっかり空は暗くなっている。

「ねえ千世！」

笹の下にいる紗弥がわたしを呼んだ。

「もうそろそろ時間じゃない？　……って、その人もしかして」

紗弥がそう言いかけたときだ。

大きな音がして、空がぱあっと明るくなった。

あたりから沸き起こる拍手と盛大な歓声。音楽が鳴り止んで、代わりにお腹に響く大きな音がいくつも鳴り響く。

空が何色にも染まる。真っ暗な中に、大きな大きな花が咲く。

それは、夜空を彩る巨大な打ち上げ花火。

「すごい……」

「花火か。そうか、今日だったんだな」

「花火とお祭りの日を合わせたんだよ。昔は一緒にやってたんでしょ」

「ああ。本当に、あのときのままだ」

誰もが手を止め足を止め、夜の空を見ていた。花火は途切れることなく天にのぼって、丸い空も、そしてそれを見ている人たちのことも、色とりどりに照らして消える。

「大和」

花火の音の中、常葉が大和を呼んだ。

「何？」

「少しの間、千世を借りてもいいか？」

大和がわたしを見た。そして小さく笑う。

「いいよ」

なんだろうと、思った瞬間だ。わたしは常葉に抱きかかえられていた。前に担がれたときのようではなく、今度は確かに腕の中にかっちり抱えられ、身動きが取れなくなっている。

「ちょ、え、常葉⁉」

「いくぞ千世」

「行くってどこに……うわあ！」

ふわりと体が浮いて、咄嗟に常葉の着物にしがみついた。ぎゅっと目を瞑ってしまったから、感じるのは、常葉の体温と風の感触だけだった。

花火の音が大きくなった気がした。反対に周囲のざわめきは遠く聞こえなくなっていく。空を飛んでいるのだろうことは気づいていた。前に、屋根の上にのぼったのとは違う、もっと、ずっと高く、星に近い場所へ。

「目を開けろ、千世」

耳のすぐ近くで声がして、ゆっくりと、瞼を開ける。

そのとき目に映ったのは、視界いっぱいに広がった大きな花火。目の前でそれが弾けた。火の粉が、ゆっくりと下に落ちるのも見えていた。声も出せずに驚いた。見上げずに花火を見たのは、はじめてだった。

「これほど近くで見ることもなかなかないだろう。よく目に焼きつけておけ」

「うん……」

花火は次々と打ち上げられて、わたしたちの目の前で鮮やかに咲く。夜空に光の線を描いて、そして大きく花開く。

「千世」

いくつもの花火を眺めたあとで、常葉がわたしの名前を呼んだ。

「おれの本当の仕事は、夢を叶えることではなく、皆の夢を守ることなのだ。叶えている途中の夢、叶えた夢、そして叶わなかった夢。持ち主の中で、一瞬であれ長きであれ、確かに輝いていたそれが、永劫（えいごう）光り輝き持ち主の行く道を照らすように、おれは人々が心から願った夢を見守り続けるのだ」

最後の花火が、これまでのどれよりも綺麗に大輪の花を咲かせた。そして小さな火の粉がすべて落ちきったとき、下から大きな歓声と拍手が沸き起こった。

徐々に煙が晴れ、しんと静かになった夜空には、咲かなくなった花火の代わりに小さな星が輝き出す。

夏の星座が見守っている。お祭りが、もうすぐ終わってしまう。

「千世、おまえが集めてくれた願いも、おれがすべて大切に守り続けよう」

常葉の視線につられ下を見た。神社の一ヵ所が、ぼんやりと色とりどりに光っていた。

あれは灯籠の灯り？　違う、あんな色のものはなかった。それにあの場所には笹を立てていたはずだ。

そうか、あれは——みんなが短冊に書いてくれた願い。

「皆の願い、聞き届けた」

ひとつ。ふたつ。それぞれ色の違った光が、空に向かってのぼっていく。ゆっくりと、いくつか、それが空を舞ったそのあとで。

強く風が吹いた。下からの風だ。

——一瞬、目を閉じて、そしてもう一度開けたとき。

わたしの目の前を、集まった無数の光が一斉に線を描いて飛んでいた。

「常葉！」

「おまえも見届けろ千世。これが皆の夢だ。大切な、心からの願いなのだ」

ぎゅっと着物を掴みながら、それでもわたしの目は光を見ていた。

瞬きも、息すら忘れて。

たくさんの光の筋が空へ舞い上がるのをわたしは見ていた。

みんなの夢。いくつもの夢。大切な、希望の光。

　そして、最後の光がすっと暗闇へ溶けていく。神社からまた拍手が起こる。きっと花火だと思ったのだろう。みんなも、この光を見ていたのだ。自分たちの夢が神様のもとへ届き、守られ、そして確かな光の道しるべとなり自分のことをいつまでも見守り続けてくれるのを。

「千世、おまえに夢はあるか」

　常葉が言う。わたしは、頷かないままそれに答える。

「まだ、明確なものはわかんないよ。でもね、わたし、誰かが前に進めずにいるときに、いつだって隣にいてあげられる人でありたい」

　たったひとつだけ気づいたのだ。知恵や力で誰かを助けられたらそれが一番かっこいいだろうけれど、どう考えてもわたしにそんなことはできそうにないし、誰もわたしにそんな期待はしていない。もちろん誰かが苦しんでいるときに、その苦しみを半分背負ってあげることだってできやしない。

　だからせめて、同じだけの気持ちを持って、その人の隣に立ってみよう。なんの解決にもならないし、面倒なのが増えるだけかもしれないけれど、たったひとりで声も出せずにいるよりは、隣にいる人と大声で泣くほうがほんの少しだけマシな気がするから。

　うずくまる人のそばに寄って、一緒に困って肩組んで、立ち上がって、隣を歩いて、別れ道が来たら笑って手を振る。それが、わたしにもできること。

「それからね、叶えたい夢があるのなら、それを叶える手伝いをしたい。わたしはそういう人でありたいよ」

「ああ、それでいい」

こつんと、常葉とわたしの額がぶつかる。じわっと熱くなり、そこに何かが集まってくるような感覚がする。

「そのとても小さく曖昧な夢から、おまえの道は開くだろう。それを目印に進んでいけば、きっとまた新たな望みが見えてくる。どこまでも行け、千世。怖がらず、前を見て。おまえが踏み出す一歩は、すべてが、新たな道へ続く一歩だ」

触れていた場所が離れ、離れたところから、淡い光が浮かんでくる。柔らかく小さな、真っ白な光だった。

わたしの夢。

「千世、おまえの願い、聞き届けた」

空へ舞い上がるその光を見えなくなるまで目で追いかけた。あの、とても小さなわたしの夢は、きっとこれから先、いつでも遠くで光り輝いてわたしの行く道を照らしてくれるのだろう。大切な夢のモトであり、わたしだけの道しるべ。

「ねえ常葉」

「ん？」

「ちゃんと見守っていてね。わたしの夢。消えたりしないで、いつまでも見ていて。きっとわたし、これから大人になって、まだまだたくさんいろんな夢を見つけると思うんだ」

　これから先、どれだけのものに出会うかわからない。たくさんのものを見つけて、たくさんの人と出会って、たくさんのことを経験して。その中で、新しい夢を見つける。いつか、道の終わりに辿り着くまで。その日まで。

「わかった」

　常葉は答えた。そして笑った。それがあんまり綺麗だったから、わたしは同じようには笑えなかった。手の甲にぽつぽつ雫が落ちる。またお天気雨かな、最近多いな。そうじゃないことなんて、もちろんわかっていた。

「常葉、今わたしの顔見ないで」

「もう見ている」

「だから見ないでって言ってるじゃん」

「泣くのは悪いことではない」

「悪くないのはわかってるんだよ。でもそれとこれとは違うの。かっこ悪いから、見られたくない」

「気にするなよ。おまえのかっこ悪いところなんて腐るほど見ているから。今さらだ」

「うっさいあほ。馬鹿。ナルシスト神様。クソ美形」

「おいおい、泣くか怒るかどれかにしろ」

「じゃあ笑うから待ってて」

と言ってもうまくはできない。涙は止まらないから、流したままでにへらと笑った。

あ、ほら、やっぱり。あんたは笑っている。わたしとは全然違う誰より綺麗な顔で。

誰より嬉しそうに。人の笑顔を見て、あんたは笑うんだね。

「常葉」

「ん」

「わたし、常葉のこと好きだよ。わたしも、あんたに会えてよかった。忘れない」

「ああ」

常葉は呟いて、わたしの額にくちびるを寄せた。はじめて出会った日と同じだ。で
も、何ひとつ、同じじゃない。

あの日とは景色が変わった。見つからなかった道が、今はここにはっきりと見える。

確かなわたしの未来への道。どこまでも、無限に広がる道の先。

「おれもおまえが大好きだ、千世」

きっとどこまで行ったとしても、わたしはこの場所を目印にするだろう。いつかま

た迷って、振り返っても、この場所で見つけた小さな光と、ここから手を振ってくれる人がいるから、安心して前を向ける。そして一歩を踏み出せる。

「願わくば」

だからどこまでも見守っていて。不器用で不格好なわたしの背中を。どれだけ見苦しくても、頑張って、わたし、歩いてみるから。

わたしの神様が見つけさせてくれた道の上を。きっと、笑顔で。

「おまえの限りない未来に、幸、多からんことを」

まだ、道の途中だけど、今のところ、前を向けて歩いていると思う。

「やばい！　お財布にお金二百円しか入ってないよ」

「はあ？　そこのコンビニで下ろしてこいよ、待っててやるから。このあと紗弥ちゃんのお店行くんだろ？　何も買えないじゃん」

「面倒臭いから、お金貸しておいて。今度返すから」

ため息は気づかない振り。わたしは大和を置いて、真新しいブロックの道をできるだけ大股で歩いていく。

「しかしこのあたりも随分雰囲気変わったな。あの神社の跡地は、何ができたの？」

「大きいマンション。公園付きの。このあたりで一番の人気物件」

「へえ……なんか、寂しいな」

「そうかな」

わたしの答えにあまり納得いかなかったのか、大和はわたしに追いつかないまま後ろを黙ってとことこついてきた。真新しい住宅街の中。つい最近すべての工事が終わったこの近辺は、まだ空いている土地や建物も多い。

「大和、ここに引っ越してきたら？　ほら、この家入居者募集中だって」

「おれはまだ学生だぞ。家なんて買えない」

「いいじゃん、一緒に住もうよ」

「何それ、逆プロポーズ？」

「きゅんとした？」

「しない」

少しくらい照れでもしたら可愛いのに、相変わらずのポーカーフェイスに呆れてしまった。高校生の頃から全然変わっていないのだから。あのときと違うのは、髪が伸びたことくらいだろうか。大和はもう野球少年じゃない。

社会人になって四ヶ月。何ら特別じゃないわたしは、一般企業のごく普通の会社員になった。立派な知識や技術を得て、特別な資格を取って、誇れる仕事をして、かっこよく人を助けられたりしていたら理想的だったのだけれど、生憎わたしは今も変わらず誰より平凡な人間だ。得意なことはなくて、たいしてできることもなくて、成績は中の下のその他大勢の一部。

でも、あのときに願った夢は今も持ち続けている。どんな場所にいたって変わらない、こうありたいという自分自身への望み。

「千世。常葉さんって、やっぱりもう会ってないの？」

もうすぐ目的地、というところで後ろから大和が訊いてきた。

大和は、大学でスポーツ医学を学び、今は院生。まだ、夢への道を歩んでいる最中だ。きっと常葉は今の大和を見たらもっと好きになるに違いない。

「うん。あのお祭りが最後」

「そうなんだ……」

「でも大丈夫だよ。だって約束したもん。わたしの夢、ずっと見守ってくれるって」

わかった、と常葉は答えた。だからわたしも信じたのだ。わたしの神様は今もどこかで、時々のんびり昼寝でもしながらこの町の人の夢を見守っていると。

「ほら大和、あそこだよ」

住宅街の隅。真新しい公園の隣に、同じく造り立ての朱塗りの鳥居が見えてくる。その奥には随分こじんまりしてしまった、でも綺麗で品のある神様の家が建っていた。

「……すごいな。あれ、千世の仕業?」

「わたし以外に誰がするの？　あ、でも紗弥も手伝ってくれたよ。わたし以上にノリノリでね」

「よく怒られてないね」

「一応神主さんの許可は取ってあるからご心配なく。まあ、咲いたの見て、やりすぎだとは言われたけどね」

移転した常ノ葉神社は、前の敷地とは比べものにならないほどの狭い土地に建てられた。だからただでさえ敷地内にゆとりはないのに、そのうえ隙間を埋めるように、境内の見渡す限りに満開の向日葵が咲いていた。まるでここにいるよと手を振るように、真っ青な空に顔を向けて。

「ここの神様寂しがり屋だから、これだけ賑やかなら、寂しくないでしょ」

お土産の紙袋をお社に供えた。中身はもちろん、神様の好物である三波屋のおまんじゅうだ。

「ね、常葉」

お社に向かって拍手を打った。手を合わせたまま、静かに目を閉じる。

何も祈らなかった。言いたいことはたくさんあるけれど、それはちゃんと会って話したいから、いつかまた会えるときまで内緒にしておく。きっとあんたは面倒臭そうに、おまんじゅうを食べながらわたしの話を聞くんでしょう。だからわたしはあんたが昼寝をする暇もなく、いろんなことを話してあげる。

常葉の好きな、夢の話を。

「さてと」

「え、もう行くの？」

「こんなとこにいつまでもいたって意味ないじゃん。そもそもわたしは信心深くないんだから。ほら、次は紗弥が修行中のお店！」

「お金ないくせに」

　渋る大和を引っ張って、来た道をまた戻っていく。その途中で、一度だけ振り返った。向日葵が咲き誇る一面黄色の景色の中、たぶん、気のせいだと思うんだけど、一瞬だけ、誰かが、綺麗な顔で笑った気がして。

「……」

　気のせいだ。気のせいだってわかっている。でもわたしは、そこに向かって手を振った。

　ここにいるよ。頑張っている。わたしは前を向いて歩いているよ。だから大丈夫。

　常葉、安心して見ていて。

「千世、前見ろ。転ぶぞ」

「あ、ごめんごめん」

　隣を歩く大和と、ぎゅっと手を繋いだ。そうして並んで歩いていく。

　これからもずっと。どこまで続くかわからない道を。いつかは、自分だけの道を。

　どこまでも。いつまでも。あの光を目印に。

「行こうか」

　踏み出す足は、今日も、はじめの一歩。

あとがき

はじめまして、こんにちは。沖田 円と申します。この度は『神様の願いごと』をお手に取って頂き、ありがとうございます。

スターツ出版文庫より四作目の出版となる本作は〝夢〟をテーマにしております。この話のはじまりは数年前に遡り、初代担当さんに言われたひと言が誕生のきっかけとなりました。

わたしの地元では、夏に七夕祭りを開催しております。作中のお祭りよりももっと盛大で人が多く集まる地元の自慢のひとつで、わたしも小さい頃から浴衣を着て、大好物の鶏なんこつとチョコバナナを手に、町を練り歩いたものです。そんな我が地元に、初代担当さんが打ち合わせのため初めて足を踏み入れた際、駅で七夕祭りのポスターを見かけたらしく「あの七夕祭りをキーワードにして何か書いたらどう？」と何気なく仰いました。それを聞いたわたしは「なるほどそりゃ名案だ」と早速お話を考えました。そんなこんなで生まれたのが千世と常葉、そして『神様の願いごと』でございます。おそらくあのひと言がなければ、この話は生まれなかったでしょう。初代担当さんには感謝感謝です。そして地元の七夕祭りにも感謝です。

〝夢〟をテーマにしているくせに、本作の主人公千世は夢を持っていないのですが、実はわたしも学生時代はまったく夢を持たない千世のような奴でした。特技もなく好きなこともなく、だからって日々頑張っていないわけじゃない。なのに夢を追う人への応援は多くても、夢を持っていない人への応援ってなかなかしてくれないんですよ。じゃあ、せめてわたしは、わたしのような人たちの応援をしよう。そう思いながら書き上げました。夢を追いかけている人、夢を諦めた人、そして夢をまだ持っていない人。本作を読んでくださったすべての人の応援を、ささやかですが、させてください。

最後に。いつもお世話になっている担当様はじめ出版社の皆様。ため息の出るような景色を描いてくださったイラストレーターのげみ様。毎回素晴らしい一冊に仕上げてくださるデザイナーの西村様。そしてこの本を手に取ってくださったあなた。ありがとうございました。

皆様の限りない未来に、幸多からんことを。

二〇一七年三月　　沖田円

この物語はフィクションです。実在の人物、団体等とは一切関係がありません。

沖田 円先生へのファンレターのあて先
〒104-0031　東京都中央区京橋1-3-1　八重洲口大栄ビル7F
スターツ出版(株) 書籍編集部 気付
沖田 円先生

神様の願いごと

2017年3月28日　初版第1刷発行
2017年4月11日　　　第2刷発行

著　者　沖田 円　©En Okita 2017

発行人　松島滋
デザイン　西村弘美
D T P　株式会社エストール
編　集　篠原康子
　　　　堀家由紀子
発行所　スターツ出版株式会社
　　　　〒104-0031
　　　　東京都中央区京橋1-3-1　八重洲口大栄ビル7F
　　　　TEL　販売部　03-6202-0386（ご注文等に関するお問い合わせ）
　　　　URL　http://starts-pub.jp/
印刷所　大日本印刷株式会社

Printed in Japan

ISBN　978-4-8137-0231-3　C0193

この1冊が、わたしを変える。

スターツ出版文庫　好評発売中！！

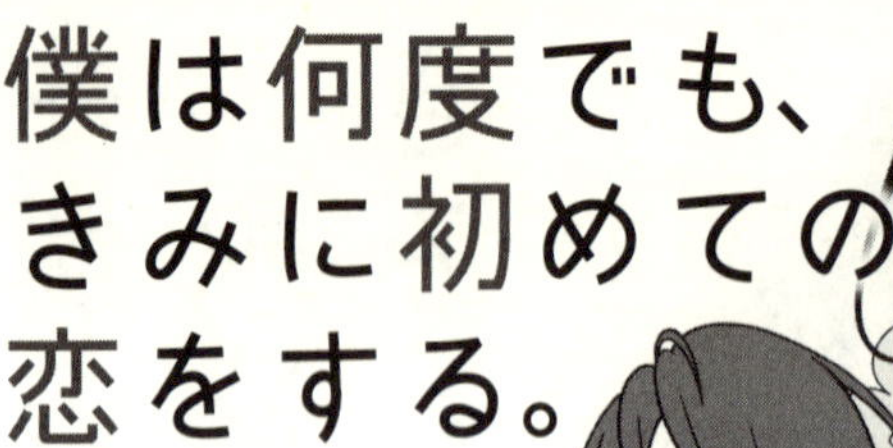

僕は何度でも、きみに初めての恋をする。

沖田(おきた) 円(えん)／著

定価：本体590円＋税

何度も「はじめまして」を重ね、
そして何度も恋に落ちる――。

両親の不仲に悩む高1女子のセイは、ある日、カメラを構えた少年ハナに写真を撮られる。優しく不思議な雰囲気のハナに惹かれ、以来セイは毎日のように会いに行くが、実は彼の記憶が1日しかもたないことを知る――。それぞれが抱える痛みや苦しみを分かち合っていくふたり。しかし、逃れられない過酷な現実が待ち受けていて…。優しさに満ち溢れたストーリーに涙が止まらない！

ISBN978-4-8137-0043-2

イラスト／カスヤナガト

スターツ出版文庫　好評発売中!!

『僕らの空は群青色』　砂川雨路（すながわあめみち）・著

大学1年の白井恒は、図書館で遠坂渡と出会い、なかば強引に友だちになる。だが、不思議な影をまとう渡が本当は何者なのかは、謎に包まれたままだった。ある日恒は、渡には彼のせいで3年も意識が戻らず寝たきりの義姉がいることを知る。罪の意識を頑なに抱く渡は、恒に出会って光差すほうに歩み始めるが、それも束の間、予期せぬ悲劇が彼を襲って——。渡が背負った罪悪感、祈り、愛、悲しみとはいったい…。第1回スターツ出版文庫大賞にて優秀賞受賞。

ISBN978-4-8137-0214-6 ／ 定価：本体530円＋税

『あの頃、きみと陽だまりで』　夏雪（なつゆき）なつめ・著

いじめが原因で不登校になったなぎさは、車にひかれかけた猫を助けたことから飼主の新太と出会う。お礼に1つ願いを叶えてくれるという彼に「ここから連れ出して」と言う。その日から海辺の古民家で彼と猫との不思議な同居生活が始まった。新太の太陽みたいな温かさに触れて生きる希望を取り戻していくなぎさ。しかし、新太からある悲しい真実を告げられ、切ない別れが迫っていることを知る——。優しい言葉がじんわりと心に沁みて、涙が止まらない。

ISBN978-4-8137-0213-9 ／ 定価：本体540円＋税

『飛びたがりのバタフライ』　櫻（さくら）いいよ・著

父の暴力による支配、母の過干渉…家族という呪縛、それはまるで檻のよう。——そんな窮屈な世界で息を潜めながら生きる高2の蓮。ある日、蓮のもとに現れた、転入生・観月もまた、壮絶な過去によって人生を狂わされていた。直感的に引き寄せられるふたり。だが、観月の過去をえぐる悪い噂が流れ始めると、周りの人間関係が加速度的に崩れ、ついにふたりは逃避行へ動き出す。その果てに自由への道はあるのか…。想定外のラストに、感極まって涙する！

ISBN978-4-8137-0202-3 ／ 定価：本体610円＋税

『晴ヶ丘高校洗濯部！』　梨木（なしき）れいあ・著

『一緒に青春しませんか？』——人と関わるのが苦手な高1の葵は、掲示板に見慣れない"洗濯部"の勧誘を見つけ入部する。そこにいたのは、無駄に熱血な部長・日向、訳あり黒髪美人・紫苑、無口無愛想美少年・真央という癖ありメンバー。最初は戸惑う葵だが、彼らに"心の洗濯"をされ、徐々に明るくなっていく。その矢先、葵は洗濯部に隠されたある秘密を知ってしまい…。第1回スターツ出版文庫大賞優秀賞受賞作！

ISBN978-4-8137-0201-6 ／ 定価：本体590円＋税